Thomas Müller

Schönen Urlaub, Schatz

Thomas Müller

Schönen Urlaub, Schatz

Shaker Media

Bibliografische Information der Deutschen Nationalbibliothek
Die Deutsche Nationalbibliothek verzeichnet diese Publikation in der Deutschen Nationalbibliografie; detaillierte bibliografische Daten sind im Internet über http://dnb.d-nb.de abrufbar.

Printed in Germany.

ISBN 978-3-95631-385-1

Shaker Media GmbH • Postfach 101818 • 52018 Aachen
Telefon: 02407 / 95964 - 0 • Telefax: 02407 / 95964 - 9
Internet: www.shaker-media.de • E-Mail: info@shaker-media.de

Für Lene

Kapitel 1 – Mallorca oder Antalya

Die Zeit ist reif. Zuhause flirrende Hitze, mein Netzanbieter hat alle Sendeplätze fürs TV geändert und ich habe keinen Plan, wie ich das jemals im Leben wieder sortieren soll. Zudem ist bei meiner Stammtankstelle das teure SuperPlus leer, in ersten Internetforen meckern die Muscle-Car-Fahrer, dass ihre Schätzchen keinen Sprit mehr bekommen. Welch fließender Übergang – die Jungs unterscheidet nicht viel von mir. Sagt man doch, Frauen sind wie Autos. Die Guten schlucken eben mehr.

Nun, die Kröte namens Urlaubsreise hat meine Madame zuhause dann auch schlucken müssen. Wenn auch nicht verheiratet, wohne ich seit Jahren mit meiner Lebensgefährtin zusammen, zwei aus damaliger Liebe entstandene Kinder inclusive. Eigentlich auch nur am Rande für den geneigten Leser informativ, aber für jegliche Verläufe der Geschichte dann gegebenenfalls doch noch interessant. Denn der aufmerksame Leser sagt dann wahrscheinlich: „Aber der ist doch ...“ – beruhigt Euch, Gewissensfragen lösen andere Bücher, hier schreibt das Leben ... Ach ja, vorstellen sollte ich mich dann auch mal, nennt mich einfach Thomas, Thomas Müller – ja, wie der Nationalspieler. Aber nein, nicht weil ich so gut kicke, sondern eben genauso in der Masse mitschwimme wie die anderen. Denn wie die Statistik vor kurzem gezeigt hat: Deutschlands häufigster Vorname ist zurzeit Thomas, der Nachname Müller. Daher lassen wir den

Namen also unverändert, denn ich will in zehn Jahren nicht auf Kevin Müller ändern müssen. Bleiben wir also einfach bei Thomas.

Nun gut, die Zeit ist reif, reif für die Insel, die Badeinsel im Partyurlaubsclub in der Türkei. Und wenn ich die Insel nicht erreiche – die schattige Bar tröstet fürs Erste auch. Das kühle erste Effez-Bier (im Fortlauf nur „Effez“ genannt) fließt gefühlt die gierige Kehle runter – auch wenn noch gute 3000 km, Check-in und die nervigste Passkontrolle der Welt vor mir liegen.

Großer Vorteil Wohnort Frankfurt: Ich fliege mit der ersten Maschine um fünf Uhr morgens. Bin also in den Augen meiner Kollegen, die in der Einflugschneise wohnen, der Störenfried, der sie morgens aus dem Bett holt. Oder deren Kinder, die dann nicht mehr schlafen können und eine Runde Schlagzeug spielen wollen, oder deren Hund, der beim ersten Flieger das Bellen anfängt. Das Leid der Frankfurter. Fluglärm gibt es im Ballungszentrum wohl fast überall und die Leute, die günstig ein Haus im Stadtteil Sachsenhausen geschossen haben, wissen nun, wieso der Makler das Schnäppchen offerieren konnte. Merke: Es gibt keinen einmaligen Moment. Es gibt nur einmalige Idioten, die dem Makler glauben und sofort zugreifen.

Aber zurück zur Sache: der Frühflieger. Ich habe also irgendwann mal die Flüge zur Reise gebucht. SchammieClub, mein Ferienclub, funktioniert nur so, denn deren Hauptzentrale haut bei den Fliegern immer noch einmal den

Extrapreis oben drauf, um dann zwei Wochen vorher „leider“ den Flugtermin nach hinten zu verschieben. Entweder habe ich dort den Vermerk „durstige Kehle, teurer Gast, unbedingt nach hinten schieben“ oder es ist dort Masche. Also: Ich buche seit Jahren Club und Flug separat, Cockpit-blitz.de ist meine Favourite-Startpage und das macht sofort Laune auf weg und tschüss. Im Januar war dann endlich auch der Schnapper drin. Ungeklickt habe ich im Reisebüro angerufen und eingetütet. Online buchen nur die Anderen. Die paar Euro gönne ich dem Team dort gerne, weil sie mir auch immer wieder einen Gefallen tun, wenn wieder etwas mal nicht klappt. Also habe ich angerufen und den Flug einbuchen lassen. Bestätigung direkt in Ablage F... und dann abends doch noch mal vorsichtshalber für mich ausgedruckt, damit ich zuhause etwas liegen habe. Sonst wird das nie geprüft. Diesmal aber schweift mein Blick über die Seite und ich will schon meinen Kollegen zurufen: „Hey Jungs, ich fliege am 11.7. um fünf Uhr mit der CC5142 ... Moment mal ...“ Stille ... um fünf Uhr ... nach??? Mallorca??? Meine Hölle, what happened? Die Reisebüroleute haben das falsche Schnapperticket gebucht! Und sind auch schon nicht mehr erreichbar. Online hätte es keinen Feierabend gegeben. Mein „Ein-Herz-für-Tante-Emma“-Syndrom schlägt nun mit Härte zurück. Waaaaas ist los? Albtraum, ich stehe morgens am Flughafen Frankfurt. Es ist drei Uhr und Zeit für den Check-in, der Koffer auf dem Band schon längst verschwunden, dann die freundliche Ansage der durchaus attraktiven Servicekraft vom Bodenpersonal: „Hier ist Ihr Ticket, Herr Müller.“ Ja, danke, Flugsteig 42B ... und dann würde ich sehen:

Destination Palma de Mallorca. Daher die ganzen Typen mit Strohhut, Ringerkostüm, Bauchladen und Tröte ... ole ole ole ... klar, sonnenklar, superklar. So könnte ein schlechter Traum enden. Aber: Hab es ja noch rechtzeitig bemerkt. Ende gut, alles gut, CC7069 um fünf Uhr – ANTALYA, sonst nichts. I like, dickster Haken der Welt daran und gut ... Alles, was ich ab jetzt sharen und liken werde, ist mit den Leuten im Club. Meine neuen Medien werden in dieser Urlaubswoche ohne Bilder und Texte verwaisen. Es ist dort im Club wie eine Art militärische Sperrzone, denn da darf nicht jeder rein. Es lagert der eine oder andere toxic waste, alte rostige Fässer rollen durch die Gegend und manche atomaren Endschläge gab's auch schon. Nur eben hübsch verpackt als Clubleben.

Heute ist es endlich so weit, seit Tagen wird mein Koffer peu à peu bepackt. Männer packen bekanntlich zum Großteil ohne System, Hauptsache kurze Sachen, wenn die Wettervorhersage im Netz für den Zielort mehr als 20 Grad anzeigt. Und für abends die lange Leinenhose, ein paar T-Shirts sowie Ersatzschuhe. Und wegen einer gewisssen Eitelkeit kommen dieses Jahr zum ersten Mal auch Sportsachen mit ins Gepäck. Werde ich etwa alt? Greift Anfang 40 der Ehrgeiz?

Keine Ahnung, jedenfalls hätte ich eine gefühlte Rückforderung von 7860 Euro und 25 Cent, wenn ich daran denke, dass ich das dortige Sportangebot nie genutzt habe. Theoretisch hätte der hiesige Badesee vollkommen ausgereicht. Andererseits stünde nun Arek vor mir, seines Zeichens stellvertretender Barchef. Er würde umgehend 7860

Euro und 25 Cent Rechnung präsentieren, ohne den Glasbruch beim letzten Beladen des Schlauchboots mit Effez-Gläsern. Es konnte doch kein Mensch wissen, dass das nicht halten würde und die Gummikiste mit den Gläsern der Erdanziehung nicht widerstehen könnte. Großes Tohuwabohu an der Hauptbar und alle Gläser kaputt. Scherben bringen Glück. Bis ich den 82. Geburtstag feiern werde, sollte bei mir also alles bestens verlaufen.

Kinder und Lebensabschnittsgefährtin habe ich um 23 Uhr in ihre Betten verabschiedet. Es ist noch herrlich warm und keiner wollte schlafen gehen. Ich muss aber, um wieder um zwei Uhr aufzustehen und zu duschen. Die Mär vom Durchfeiern der Vornacht ist bei mir nicht drin und die nächsten acht Tage werden anstrengend genug. Im Vorblick wird es immer nach der Disko heimgehen, dann morgens zum Sport und Schwitzen. Was dann noch in mir drin ist, bekommt einen Anstrich aus Entzündungshemmern und Schmerzmitteln in Brausetablettenform. Letztere schalten wohl alles ab und trennen jeglichen Übergang aller existenten Synapsen. Ich habe ein wenig Angst, im fortgeschrittenen Alter jeden Tag an die Trinkhalle zu wackeln, und Sonja vom Tresen gibt mir Flüssig-Schmerzmittel, ein Päckchen Kippen und ein paar Bier. „Wie immer, Thomas", ... bis drei Jahre später der Rot-Kreuz-Laster hält, ich im Krankenhaus die beunruhigende Diagnose „Irgendwas im Endstadium" erhalte und dann fünf Leute einer von der Stadt bezahlten, lieblosen Beerdigung beiwohnen.

Daher nur eine Woche Cluburlaub im Jahr. Das reicht mehr als genug für den besten Raubbau am Körper – Motto: Was einen nicht umbringt, härtet ab. Richtige Einstellung. Wobei zuhause auch die ein oder andere Feier ohne Meier, pardon, Müller nicht stattfindet. Anderes Thema, dazu vielleicht mehr in einem anderen Buch.

Ihr, liebe Leser, wollt mehr über meinen Lieblings-Club und dessen Eigenheiten lesen. Keinen faden Einheitsbrei. Wahre Storys, Geschichten aus dem Leben. Spannender als das der Bibliothekarin von der katholischen Dorfbücherei und vielleicht langweiliger als das von einem Plattenfirmen-Fluglinien-Mondmission-Banken- und Medizinmogul, dem „Jack-of-all-trades", der aber, wir schauen auf uns Normalos zurück, wohl nur durch goldrichtiges Investment und seine Dauerpräsenz mit wenig bekleideten Damen in der Presse auf sich aufmerksam macht.

Vor 100 Jahren wäre so einer auch nicht zum Mond geflogen, hätte keine Airlines gehabt und somit auch keine jungen Nixen im Arm. Kein gar nix – er hätte auch irgendwo mit seinen acht Brüdern nach Gold gesucht, Eisenbahnschienen verlegt oder seine kleine Farm mühsam mit Muskelkraft bewirtschaftet.

Right time, right place. Das ist die goldene Regel – und: unbekannt bleiben. Zu viel Medienpräsenz und man kann gar nichts mehr anstellen, ohne am nächsten Tag wie die dauerabgestürzten Jungstars in der Boulevardpresse vorgeführt zu werden. So kann man auch mal mit 23 Grad

Neigung in der linken Schulter und schlappendem Hinkefuß in das in Barnähe gelegene Zimmer heimstolpern. Im Fall, dass man sich mal wieder alles schöngetrunken und das Anschlussprogramm nicht mehr gefunden hat, weil zu viel Watte im Mund oder die Grobmotorik zu auffällig geworden ist.

Der Wecker bimmelt um zwei Uhr gnadenlos und ich wische mir durch die halbverklebten Augen und stehe auf. Das Taxi ist für 2.30 Uhr bestellt. Ankunft am Flughafen knapp 25 Minuten später eingeplant. Der freundliche Pakistani mit leichtem Knoblauchmund- und Körpergeruch hat mich sicher abgeliefert. Auf nüchternem Magen ein recht ekliger Geschmack im Mund, ganz zu schweigen von der Nase. Der Check-in war aufgrund der frühen Morgenstunden und wenig Andrang unaufgeregt. Hinter und vor mir die Basthüte mit Ringerkostüm, die mir erspart geblieben sind. Oder ich ihnen, wenn ich mit dem König von Mallorca in einer der Open-Air-Diskotheken zwangsweise hätte feiern müssen, weil der Linienbus Mallorca – Antalya nur alle vier Jahre fährt. Immer am 29. Februar, und auch nur an ungeraden Jahren und wenn, dann gerne auch mal bestreikt wird. Aber ich wollte auch an die türkische Riviera und nicht in ein annektiertes Bundesland, in dem sich die verbliebenen Spanier der deutschen Spaßgesellschaft ausgeliefert fühlen müssen.

Kurz nach drei Uhr gibt es bei einer amerikanischen Kaffeekette einen Kaffee Americano – früher hieß das Ding einfach schwarzer Kaffee. Dazu einen Triple-choc-Muffin. Irgendwas muss in meinen Magen rein. Nebenan kommen die Malle-Brüder angehumpelt. Megaphon an und volle Lautstärke grölend „Ole ole ole“. Als ob das hier jemanden interessieren würde. Kaum jemand da, der stolz auf die Jungs ist, sich morgens schon drei gepflegte Carlskronenpils reinorgeln zu können. Es gibt Sachen, die kann man auch ruhiger erledigen. Ich stehe noch auf 0,0 Promille. Gut so, denn mit klarem Kopf anreisen hat nie geschadet. Bei der Rückreise wird es wohl genau anders herum sein. Zumindest hat mein Hinflugnebennachbar noch die Chance, tief durchzuatmen und nicht gleich zu ersticken. Bevor wir aber abheben, muss ich noch schnell zum Duty-free, Arek wollte von mir noch den Cuba Club Rum Especial Anejo... den gibt es nicht in der Türkei. Vielleicht das Falsifikat von Etikett und Flasche, aber nicht den Inhalt. Das kriegen die Chef-Faker im anatolischen Hinterhof nicht hin. Maximal einen gefährlichen Methanolmix. Brille-for-you-online.de könnte da prima Sehhilfen mit vertreiben. Kleine Gutscheine auf die Flasche mit aufgedruckt und solange man noch sehen kann, die Brille bestellen. Im Leben also alles richtig gemacht bis auf den falschen Fusel.

Kurz vor Abflug werde ich dann doch nervös. Nochmal kurz Hände, Füße und den Rest ausschütteln und dann ab in den Flieger. Endlich, es ist so weit. Meine Woche des Jahres ruft, meine Vorhut ist schon da. Ja, die Vorhut, liebe Leser, richtig gelesen. Das sind die Leute, die ich kenne und die schon den Club vorchecken – also mich großmundig ankündigen oder schon madig gemacht haben bei den anderen Gästen. Bisher hab ich ja nur Gutes gehört. Wetter, Frauenquote, Publikum,

Events – es scheint alles zu stimmen. Ergo erwartet mich ein recht relaxter Urlaub.

Ein reibungsloser Hinflug und die wie immer problematische Passkontrolle und ewiges Warten am Kofferband führen mich etwa mit einer Stunde Verspätung zu meinem im Internet vorbestellten Taxi zum Ausgang. Ein junger Türke steht mit Schild „Tomas Miller" da und bittet mich in der Sonne bei gefühlten 38 Grad zu warten. Und das morgens um 10.30 Uhr. Ein durchaus steigerungsfähiger Wert. Muss man viel trinken. Mutti wäre stolz.

Nach kurzem Gemecker meinerseits kommt dann endlich mein vorbestellter Shuttle. Ein riesiger 15-Sitzer und ich alleine drin. Prima, und los geht's. Großer Bus, kleine Maschine – da ist bei der Bestellung wohl etwas schiefgelaufen. Letztes Jahr hatte ich im Kontrastprogramm eine der dort sonst gängigen kleinen Uralt-Italokonzessionslimousinen mit aufgebohrtem Zylinderkopf. Da hatte man Angst um Leib und Leben, weil Bremse und Karosserie nicht angepasst waren und der Fahrer hochtourig mit Handy am Ohr durch die Stadt jagte. Heute aber gab es den Blechklumpen mit Entenantrieb. Trotzdem, es geht voran. Ich sehe, wie wir Antalya verlassen, die ersten Ausläufer des Taurusgebirges die Straße ansteigen lassen und wir auf hohem Niveau die Küstenstraße entlangfahren. Zum Club hin sinkt das Niveau – in jeder Hinsicht. Aber das war zu erwarten.

Kapitel 2

Das erste Mal

Punkt zwölf Uhr Mittag komme ich im Club an – High noon, in Deutschland würde mein Lieblingsradiosender nun ein Lied von AC/DC spielen. Ich wünsche mir innerlich „Highway to Hell". Nur dummerweise ist es in Deutschland erst elf Uhr. Sonst hängt die Türkei bei vielem eine Stunde hinterher, manchmal sind es sogar Jahre. Gefühlt. Böse Zungen behaupten die WLAN-Kabel wären schadhaft angeliefert worden.

Aber nun bin ich da. Endlich. Der erste Weg ist der schönste. Von der Rezeption zur Hauptbar. Seit Jahren habe ich den Welthit „Ich bin wieder hier, in meinem Revier ... war nie richtig weg" summend auf meinen Lippen. Bis der erste klatschende Handschlag von Önir oder Arek und die Frage „Thomas, Keule, wieder hier, wie lange bleibst Du und willst Du ein Bier?" ertönt. Alles rhetorische Fragen. Rückwärts beantwortet ein klares „Ja, eine Woche". Was auch heißt, dass ein leeres Glas gefüllt werden möchte, solange es eben noch geht.

Rückblende 2000: Da kam ich das erste Mal. Blutiger Anfänger, Rookie, Novize, Unwissender, lediglich Ehrfurcht vor den Wirren des Clublebens. Bis dahin nichts ahnend und im Glauben, mit Perlenketten oder Muschelreifen zahlen zu müssen. Weit gefehlt. Das erste Jahr dort war sensationell.

Man sagt ja immer, der erste Eindruck ist der entscheidende und bei mir war das wohl Liebe auf den ersten Urlaub. Was man nicht kennt oder hat, vermisst man nicht. Meine Freunde haben mich damals mitgenommen, wohlwissend, dass der Laden all-inclusive ist. Geschäftlicher Natur hatten wir alle miteinander zu tun und auch wenn es Compliance-Abteilungen bis dahin kaum gab und jeder jeden mal zum Essen eingeladen hat, wollten wir dort keinerlei Unstimmigkeiten mit den Nebenkosten haben. Kurz gesagt wollte ich nicht eingeladen werden, weil mein Arbeitgeber damals schon sehr bedacht war, dass keine Vorteilnahme entsteht. Richtige Einstellung. Und auch die meiner Mitfahrer. Also hat jeder seinen Cluburlaub gebucht und das All-in-Konstrukt hat das alles enorm vereinfacht. Zudem fällt am Ende nicht auf, dass Michi 32 Pils mehr hatte als Gunnar. Oder andersrum.

Beim Check-in an der Rezeption haben wir dann drei Zimmer bekommen, die nah aneinanderlagen. Der leider sehr laut schnarchende Gunnar wohnte neben mir, Michi unter Gunnar. Die Bewohner des vierten Zimmers im Feld haben wir später kennengelernt. Ein junges, wohl frischverliebtes Pärchen, welches gerne mittags auch mal nicht in der Sonne lag und sich nach dem Essen sportlich im Doppelbett zu amüsieren wusste. Dank dem nicht existierenden Fernseher und dünnen Wänden so eine Art sexy Mittagsradio. Den ein oder anderen Mittag lagen Gunnar und ich also bei mir im Zimmer am Boden und lauschten den Hoppelhasen unter uns mit an die Fliesen gepressten Ohren, um danach ausgiebig

Applaus zu spendieren. Die Bierdose mit spritzendem Öffnen hatte uns Michael J. Fox im Film „Das Geheimnis meines Erfolges" schon vorgelebt, aber da es im Club damals noch keine Bierdosen gab, blieb uns nur übrig, Applaus zu spenden.

Wie gesagt: Die Zimmer waren karg, Fernseher Fehlanzeige. Ein echtes Clubleben. Auf dem Zimmer sitzt somit nur die Bibliothekarin, die sich verflogen hat – statt mallorquinischem Kloster den Fliegenpreis nach Antalya erwischt hat. Und wir drei waren so gut wie nur unterwegs. Morgens um zehn Uhr öffnete die Bar, da gab es erstmal ein Frühstückseffez oder zwei oder drei. Um elf Uhr dann noch Reste vom Frühstücksbuffet, während nebenan schon der Mittagstisch aufgebaut wurde. Um zwölf Uhr waren dann die Liegen am Strand schon restlos belegt.

Es lohnte sich also kaum noch, zur Liegewiese oder zum Kieselstrand zu gehen. Somit schnell rüber mit uns ins Zweitrestaurant, die Marina. Da gibt es den Streichelzoo: Zwei Zapfhähne, die sich eines Kraulens des Nackens erfreuen und ausgiebig das goldene Pils ins Glas laufen lassen. Herrlich. So gegen 16.30 Uhr dann zum Bommel an die Hauptbar. Für die Unwissenden: Bommel ist ein Quiz. Wenn man die von einem Animateur an alle Gäste gestellte Frage beantworten kann, ruft man laut „Bommel", anschließend dann die Antwort und bekommt – wenn richtig – einen Jeton dafür. Der Tisch oder die Gruppe mit den meisten Jetons gewinnt. Mit etwas Glück sind ein paar Tage Cluburlaub für lau zu gewinnen!

Beim Bommel trifft man dann aber meistens auch den trinkfreudigen Teil des Clubs. Also Gleichgesinnte, die tagsüber auf der Liege ihre Ruhe von der Vornacht gesucht haben oder sonst im Zimmer verschollen waren, um die Bekanntschaften des Vorabends zu vertiefen – in jeglicher Hinsicht.

Wir waren mal wieder beim Bommel und das Effez lief gut und man kam in so allerlei Gespräche mit einem bunten Haufen von Gästen. So habe ich mir früher die kleinen grünen Männchen vorgestellt. Mit aufgestellten Antennen und dann auf vollem Empfang. Nur im Club verhaken sich die Sendeempfänger und raus kommt ein zwar lustiger, aber total unsinniger Quatsch. Selbstredend, dass dort keine Relativitätstheorie diskutiert wird. Eher ob Eintracht Braunschweig den Aufstieg schaffen wird oder ob Susi Sorglos vom Nachbartisch wieder dieses weit ausgeschnittene Blüschen anziehen wird, unter dem man den fleischfarbenen BH und mehr heraussehen werden wird, wenn sie sich zum dritten Mal beim Wellfood-Menü für die gebackene Aubergine bücken wird.

Generell ist Essen nach der Bommelei eine tolle Sache. Man sollte, wenn möglich, nur den Absprung schaffen und so gegen 19 Uhr im Zimmer sein, um 15 Minuten später frisch geduscht und wieder leicht transpirierend an der Hauptbar in langer Hose und Hemd oder T-Shirt aufzutauchen. Abends hat die Badehose im Restaurant keinen Zutritt. Für mich war es eine Frage der Zeit, aber – danke, liebe Reiseveranstalter – da habt ihr Euch auch nicht weichkochen lassen, dass Hornhaut-Hans barfuß und mit Spandex-Badehose zum Abendessen einläuft. Plautze noch voll von Sonnencreme, darüber leichtes Muscleshirt mit Adihasch-Aufdruck vom Basar2000 – dem Klamottenladen für modebewusste Rheinländer gleich neben dem Club. Dort lässt sich auch für abends sehr viel Unfug finden. Damals war das Camp-Daniel-Hemd noch von LammArtina, eine gewisse Klientel fühlt sich irgendwie immer davon angezogen.

Zurück zum Essen: Nachdem Michi und Gunnar auch den Weg gefunden haben – lag es an meinem Duschgesang oder dem Knallen des Klodeckels – sind wir zu dritt an das schwarzweiß geflieste Tanzflächen-Schachbrett an der Hauptbar, wo später wieder Warmtrinken fürs Warmtanzen vor der Disko stattfinden wird. Dort treffen wir Beate und Biggi, Namen frei erfunden, da man sich damit sowieso nicht lange aufhält. Namen kennen bringt vielleicht ein kleines Plus, wenn es zu später Stunde Ernst wird, aber ansonsten ist das entspannte Du vollkommen ausreichend. Standardfragen „Woher kommst und wie lange bleibst Du?“ sind im Vorfeld natürlich zu klären: heute Bielefeld – Witz komm raus, gibt’s ja gar nicht, und ja, noch drei Tage da. Also Vorsicht, denn die Damen laufen morgen wieder über den Weg!

Zu fünft bekommen wir bei einem Pärchen noch Platz am traditionellen Achtertisch. Der letzte Platz bleibt frei. Hemingway wird es nicht mehr schaffen, und wenn doch, er wäre an der Hauptbar und dort restlos versorgt. Die

Traumfrau, die sich an unseren Tisch verirrt, ist fast noch exotischer. Sowas gibt es nur im 80er-Jahre-Film, und dann wäre sie zudem untenrum voll behaart, was dem Begriff Traumfrau sofort den Garaus machen würde.

Prinzipiell sind folgende Themen Tischgespräch: Behaarung / Was lief wann / Wer war mal wo, wer hatte was mit wem / Wo ist die beste Party mit den heißesten Frauen / Welcher Kumpel hatte das krasseste Erlebnis. Die nie dort anzutreffende Familienministerin würde mit roten Ohren eher sprachlos am Tisch sitzen, direkt neben dem ebenso nicht existenten Herrn Kaplan, wenn die Themen Ehe, Partnerschaft, Kinder und Treue aufs Tablett kommen. Wer will denn aber auch den grauen Alltag mit an die grün-blau glitzernde türkische Riviera bringen, wenn die Sonne rostrot versinkt und ein Farbmeer von tausend Orangetönen kreiert, für das extra die 8-Megapixel-Kamera erfunden wurde.

Aber nun erst einmal was zu Essen holen. Die doch etwas zu gut gemeinte und groß geratene Auswahl könnte in kürzester Zeit bei Vollgenuss zum Aufgehen eines Hefekloßes in Menschenform führen. Zudem mit Genuss mehrerer alkoholischer Getränke müsste man rein rechnerisch 18 Stunden auf dem Schachbrett non-stop tanzen, um die Kalorienzufuhr reguliert zu bekommen. Unmöglich. Männer rechnen nicht in Kalorien. Da ist unser Hirn nach Sonne und Suff mit anderen Dingen strapaziert. Umschalten in den Stromsparmodus und mit leiser Schleichfahrt zum Buffet. Ziel: Nahrungsaufnahme. Vorteilhaft, wenn die getroffene

Wahl salzhaltig ist. Immer mit beiden Augen Richtung Angebot. Fleisch bevorzugt, tot oder lebendig.

Beate und Birgit oder Biggi – wie auch immer sie heißen mögen – sitzen schon am Tisch und unterhalten sich mit dem Pärchen. Aus Stuttgart sind sie, ha noi, wie schee ... wir steuern mit unseren Tellern an den Tisch, erstmal ein Gläschen Roze aus dem Kühler. Der türkische Service ist exzellent. Kaum wandert die leere Flasche umgedreht in den Kühler, steht eine neue bereit. Die Kellner fordern uns heraus. Bloß keine Zeichen der Schwäche und nicht mürbe werden. Mal schauen, wer zuerst aufgibt. Service oder wir? Etliche Teller und zahlreiche Flaschen später sind die wichtigsten Themen abgearbeitet. Unsere Nachbartische werden langsam in den Plausch mit eingebunden und alle sind sich einig, dass nun jemand Raki holen muss. Wir starten das allseits beliebte Flaschendrehen und es trifft Thomas Müller – also mal wieder mich. Thomas Müller – damals noch ein unbekannter Name, denn da war unser Nationalspieler erst im groben Grundschulalter. Also Altersklasse der unehelichen Kinder der Typen vom Nachbartisch oder der Blage von Biggi, die den Kleinen eine Woche bei Oma parken konnte. Ich stehe auf, erhalte die Order für zehn Raki inclusive der Wünsche der Leute vom Nachbartisch und sehe, dass die Flasche weiterkreist. Pflicht oder Wahrheit. Stimmung steigt und Niveau sinkt im Rekordtempo – obwohl schon niedrig, ist doch noch Luft nach unten. An der Bar steht Arek – mein guter Freund. Er sieht mich anrollen, winkt und ruft: „Thomas, Bier?“ – „Nee, zehn Raki.“ Ein Glück, das geht mit 2 Händen anzuzeigen. Alle zehn Finger blinken gefühlt wie Scooterbuden-Dekolämpchen auf der Kirmes und zeigen an: Schwing die Hufe, Freund, und zapf den Raki vom Fass. Abermals drei Minuten später bin ich zurück am Tisch. Unter großem Hallo verteile ich den Raki. Nur Gunnar fehlt – und die ununterbrochen redende Babelette vom Nachbartisch. Aber stopp, da hinten kommen sie von Richtung Toilette, breit grinsend. Ich reibe meine Augen und was sehe ich? Babelette hat den Rock weit geschlitzt und trägt – Gunnars Unterhose, während Gunnar leicht beengt läuft und stolz die Hose etwas nach unten dehnt – man sieht etwas mit Rüschen und Spitze. Das wird dann wohl Babelettes Höschen gewesen sein. Unterhosentausch. Die Stimmungsorgel im Kirchenchor. Das wird heute Abend noch ein größeres Thema. Ich seh's schon. Etliche Roze später – der Raki ist schon längst verpufft – drehen wir ab zur Bar. Erste leichte Beats dröhnen zu uns herüber und das gefühlt bis heute 3455 Mal gehörte „I came for you" von den Discoboyz war im ersten Jahr ein Highlight. Heute erinnert es mich jedes Mal an die ersten Clubbesuche. Alles positiver Natur natürlich. Da flackert mein eigenes Video durchs Kopfkino, denn es ist irgendwie der Song, der mich am meisten bewegt hat. Wenn nach meinem Ableben die Stadt nicht sparsam ist, läuft ein Träger mit Ghettoblaster bei meiner Sozialbeerdigung mit und spielt das Lied. Bis dahin gibt es bestimmt ein Smartphone mit 200 Watt aus fingernagelgroßer Box. Nur das Lied zu finden wird schwer. Muss man bestimmt unter Oldies suchen. Oder Evergreens.

An der Hauptbar beschlagnahmen wir einen der kleinen Tische, die rund um das Schachbrett stehen. Strategisch die allerbeste Wahl zwischen Tresen und Tanzfläche. Also hier wird der Strom der Tanzwütigen, Durstigen und Unfallgaffer, pardon, Tanzflächenzuschauer vorbeilaufen, und in der Tat erblicke ich ein paar Damen aus der Marina von heute Nachmittag. Kurzes Winken und drei Minuten später spüre ich eine etwas ältere, erfahrene Damenhand, die mich zum Tanzen aufs Schachbrett fordert. Zugegeben, trotz silberner Tanznadel hat das da seinen eigenen Charme. Da tanzt jeder seine Wurst, Taktgefühl mag oldfashioned sein, hilft aber doch, nicht immer doof auszusehen. Bei meinen 1,90 Metern fällt man auf. Da wirken ungelenke Bewegungen wie ein Multiplikator und ich versuche nicht in den Fokus der anderen Gäste zu geraten. Was aber anhand Größe und Haarpracht schwierig ist. Mögen meine Locken – auch wenn etwas länger – ein Icebreaker sein, man ist unwiderruflich in der Wiedererkennungsfalle und hat dementsprechend einen Bekanntheitsgrad, der mangels Namensgedächtnis der Teilnehmer auf „Du“ und irgendeinem Konstrukt wie „Zottel“, „Jesus“ oder „Räuber Hotzenplotz“ liegen wird.

Ich führe die ältere, reife Hand ein paar Songs gekonnt über das Schachbrett und dann geht es in die Königsdisziplin über: Konversation auf höchstem Alkoholniveau. Jeder MPU-Prüfer würde hier die Akte lebenslang schließen, wenn man nach einem solchen Alkoholattentat noch klar reden kann und die Petra aus Düsseldorf noch zu zwei Sekt auf Eis und einem Zwischen-Kräuterschnaps überredet. Bei solchen Gesprächen

– rein statistisch dauern sie vier Minuten – klärt sich dann recht schnell, in welche Richtung der Hase läuft. Manchmal Richtung Strand und Liege, um bei weiteren zwei Sekt auf Eis die richtig wichtigen Dinge zu besprechen, derer es aber gar nicht so viele Worte bedarf. Oder man redet sich in einen Wahn, dass man auch mal einen Onkel hatte, der wie Petras Mutter einen roten Golf fuhr und auch immer freitags die Pils-Pinte von Kalle in der Altstadt aufsuchte. Man kann sich Zufälle schönreden und auf Umwegen dem Hasen zum Strand folgen. Meist aber läuft der Hase wieder zurück zu seinem Rudel, wo er mit den anderen Mitreisenden die Bekanntschaft erläutert, eine Art Benotung vergibt und sich dann vorbehält später oder nie mehr eine Runde mit ihr zu tanzen oder zu trinken.

Im ersten Jahr – wir befinden uns mittendrin – lief mein Hase Richtung Strand. Blutiger Anfänger war ich. Novize und kaum umgeschaut, saß ich auf der Strandliege am Kieselstrand. Hier trennt sich die FSK18- von der hier erworbenen FSK12-Version. Belassen wir es bei der 12er. Besser so. Was an jenem Abend im Club passiert, bleibt im Club. Ende vom Lied: Ich musste mich nach dem Strand erst einmal umziehen. Die Dame war zu satt und wollte nichts mehr in sich aufnehmen. Der Schuss ging also ordentlich daneben, aber leider auch mit auf oder in die Hose. Hier ein kleiner Tipp am Rand, selbst das Netz mit „fragstdumuttiey.de“ hatte keine praktikable Lösung für „Knoblauchsoßenflecken“ auf der Hose. Meine Reinigung zuhause ist daran schier verzweifelt und nach drei Mal war die Geduld erschöpft. Das Rote Kreuz ist per

Containerspende neuer Eigentümer geworden und mit etwas Resthumor läuft nun jemand im türkischen Hinterland mit meiner alten Hose herum. Unwissend, was dieses Stück Stoff an jenem fragwürdigen Abend am Strand der türkischen Riviera erlebt hat.

Natürlich geht man dermaßen erfrischt sehr entspannt zur Tanzfläche. Die Jungs hatten mich schon vermisst und da gab es dann ein großes Hallo auf den verschollenen Mitfahrer und ein frisches Effez. Lange konnte ich die Geschichte nicht geheim halten und der erste Länderpunkt ging an mich.

Kapitel 3

Reviereinweisung 2015

So nennt man normalerweise die Einweisung der Wassersportler in das jeweilige Clubrevier. Theoretisch ist das Revier so groß und weit wie das Auge reicht, man gesehen werden und nichts Verbotenes darin anstellen kann. Kleinere Fauxpas wie das Entleeren der Blase auf der windabgewandten Seite eines Katamarans seien hier einmal ausgenommen. Gewisse Fähigkeiten der Balance vorausgesetzt. Hier weise ich mich in mein mir altvertrautes Revier ein. Eigentlich unverändert, obwohl auch die Bäume in der Anlage in den letzten 15 Jahren gewachsen sein müssten, wirkt es wie immer. Fluffig, chillig, leichter Wind im Haar und das Meer im Hintergrund. Von links dröhnt das Wummern des Spinning-Kurses. Obacht Ihr Lieben, ab morgen werdet Ihr ein Rad weniger zur Verfügung haben, denn ich fahre mit! Aber nun erstmal zum Wesentlichen – der Weg zur Bar, Handgepäck und Zimmerkarte. Oh Wunder, es war bezugsfertig und meinem Wunsch entsprechend: ebenerdig und Nähe Bar. Also kurze Wege, ohne im zweiten Stock den Huber Buam Konkurrenz machen zu müssen. Die Treppen sind mir hier zu steil und der Zinksarg im Fall des tödlichen Sturzes zu unbequem, um den Rückflug anzutreten.

Ich wohne im ersten Block dieses Jahr und ahne, dass das Zimmer zum Fitnesstempel neigen wird und ich bei Langweile den Fitnesshühnern und Joghuretten dieser Welt bei ihren Übungen im figurbetonten Outfit zuschauen darf. An der Bar erstmal das übliche Hallo – unchanged seit 15 Jahren. „Hallo Thomas, wieder da? Wie lange bleibst Du? Magst Du ein Bier?“ Antwort: „Ja, eine Woche, wir werden Spaß haben.“ Das „wir“ bezieht sich da zu 95 % auf mich, und sollte Bier zapfen und Getränke holen Spaß machen, übernehme ich die 5 % gerne vom Bar-Team. Die machen einen tollen Job. Natürlich auch nachdenklich, wenn man einmal im Jahr kommt, aber die Leute Deinen Namen kennen, gerade auch, weil sie alle einen Sticker auf dem Shirt haben und Du als Gast nicht.

Die führen sicherlich eine Strichliste hinter der Bar und ich bin im Biertetris möglicherweise einer der Jackpot-Anwärter. Realistisch aber stehen hier ganz andere Kaliber an Gästen herum und dieses Jahr falle ich wegen Sport auch die ersten drei Stunden wohl aus. So weit mein Plan.

Keine zwei Minuten vergehen und man trifft die ersten Bekannten. Okay, wir waren auch so weit verabredet mit ein paar alten Freunden aus den Vorjahren, die über Kontaktplattformen und Mail und gerade in der Neuzeit über Internet-Chats miteinander schnell die Reisetermine kommunizieren. Diesmal habe ich Bekannte aus dem schönen München am Start, die wiederum eine Clique aus dem Rheinland und dem Saarland dabeihaben. Eine Arche Noah der Neuzeit. Von fast jedem Typ Mensch ein Exemplar. Davon die Langweiler unter Deck, welche ich hier nicht sehen werde und auch nicht sehen will. Der liebe Darwin hätte seine helle Freude. Großer Vorteil, coole Nischenplayer. Die breite Masse ist vollkommen out.

Ein erstes Begrüßungspils und die Erzählung meiner Anreise. Das Schockerlebnis des falschen Flugtickets und dann kommt Arek. Es folgt die feierliche Übergabe der Flasche Cuba Club Rum Especial Anejo – im Original ohne Internetbrillen-Anbieter-Aufkleber. Somit dürfte meine persönliche und schnelle Getränkezufuhr und Versorgung bis nächste Woche gesichert sein. Well done, let's go. Das zweite und dritte Pils laufen, wir begeben uns Richtung Rezeption, da der nächste Bus ankommt und noch eine Mitspielerin ausladen wird. Es gibt am Empfang noch einen Begrüßungssekt, der lecker, aber Vorsicht, alkoholfrei ist. Mein Freund Freddi macht sich schon Sorgen, ob wir später noch einen Katamaran bekommen werden. Weniger wegen der Nachfrage, eher wegen meiner Fahrtüchtigkeit. Aber ich tröste ihn, denn es ist noch früh und wir sollten sowieso erst einmal etwas zu Mittag essen und vielleicht bei einem Rotwein darüber nachdenken. Aber raus aufs Meer werden wir definitiv fahren!

In Badehose und lockerem Sommershirt startet das Mittagessen! Wir alle haben uns doch viel zu erzählen und man merkt, dass der Alltag noch in allen von uns drinsteckt. Es wird über den Job und Erfolge gesprochen. Natürlich auch Misserfolge, mehr oder weniger gut absolvierte Prüfungen, neue Job-Auflagen, Umstrukturierungen und mehr. Es wird Zeit für einen Rotwein auf Rezept – und zwar für jeden. Großteils funktioniert das auch. Die Ersten lehnen sich relaxter zurück und auch Freddi und ich kommen in den Entspannungsmodus und wollen raussegeln. Gesagt, getan.

Kurze Zeit später sitzen wir auf einem der vielen clubeigenen Katamarane und entfernen uns langsam, aber sicher bei geringstem Wind von der Küste. Das Taurusgebirge im Rücken und das endlos weite Meer vor Augen geht es raus, Männergespräche. Auch hier fällt das wieder dem FSK12 zum Opfer.

Zur Rückkehr gibt es zur Belohnung das übliche Seglerbier. Wir stehen an der Bar und quatschen und erfahren, dass der Rest der Truppe in den neuen Luxus-Tagesbetten am Strand liegt. Schöner Firlefanz, aber sowas muss man heute wohl haben, wenn man den Eindruck verströmen möchte, dass man ganztags im Beachclub lebt, weil man seine Internetbutze für mehrere Millionen an einen Suchmaschinenanbieter verkaufen konnte. Könnte passen, denn ein Ferienhaus ist heute nur noch etwas für Anfänger. Man zeigt, was man hat. Und hier im Club ist dafür das Publikum. Connaisseure der gepflegten Uhr und Handtasche. Wenn nicht hier der Produktpirat lauert, wo dann? Spätestens nächstes Jahr ist das Geraffel im Billigstyle im Regal des Basar2000. Peinlich wird es erst, wenn der Laden die Sachen vom Vorjahr kopiert und der vermeintliche Trend längst zu Ende ist. HalloKitty ist out, Jungs, das könnt ihr dem Roten Kreuz spenden – auf kurzem Weg ins Hinterland!

Dafür gibt es jetzt die an der Rezeption via Reiseveranstalter buchbare Luxus-Offroader Country Tour – rein in 720 Newtonmeter pures Vergnügen und alte Königsstätten abfahren. Schön bequem im vollklimatisierten Zuffenhausener Ledersessel – den sind die meisten eh gewohnt und dann mal raus in die Türkei. Versteckt hinter der Privacy-Verglasung, denn man braucht auch seinen Abstand vom Alltag. Im Kofferraum die unverkäuflichen Basar2000-Restbestände, um kurz irgendwo an einem verlassenen Ort anzuhalten und rauszuverklappen. Es wird sich jemand dafür finden, im Hinterland-Bergdorf lernt dann HalloKitty die traditionelle Folklore kennen. Schöne neue Welt.

Die Luxus-Tagesbetten sind natürlich wieder belegt und ich gammel mich am Nachbardaybed zu ein paar Jungs, die eigenen mitgebrachten Wein genießen. Der Roze von der Hauptbar oder der Marina ist aber auch übel. Und wenn man das am ersten Tag schon merkt, nun gut, das wird dann auch nicht besser. Sodbrennen, Schluckbeschwerden, geschwollenen Hände und Füße. Wer kennt das nicht vom Urlaub – ein gutes Zeichen, dass man noch am Anfang der Alkoholikerkarriere steht, und trotzdem bleibt die Akte des MPU-Prüfers schon jetzt zu. Wir trinken gemütlich den mitgebrachten Wein. Ganz klar, das ist die Zimmerflasche.

Die Zimmerflasche ist auch so eine Welt für sich. Wenn man guter SchammieClub-Kunde ist, dann sollte man sich für die SchammieClub-Card entscheiden, die deckt dann Reiserücktritt, Kofferverlust, Auslandskrankenversicherung und alles andere ab, was Mutti für die Kinder so aus dem gehobenen Zeigefinger saugt. Was soll man machen, als kleines Goodie gibt es für jeden Clubbesuch – und sei er noch so kurz – eine Flasche Wein aufs Zimmer und einen Verzehrgutschein oben drauf für die Genießer-Bar.

Also lagen wir mit der Willkommensgruß-Zimmerflasche auf dem Luxus-Tagesbett und es war kein Gefäß mehr greifbar – außer einer leeren Plastikwasserflasche. Die wurde kurzerhand zum Weinglas umfunktioniert, was sicher nicht stilecht ist, aber der Zweck heiligt das Mittel. Zum Wein ein paar altbekannte Gespräche über noch altbekanntere Themen. Eben wie lange man bleibt und wo man herkommt. Rein unter Männern auch gerne mal, ob es irgendwelche guten Damen hier gibt und wie die letzten Partys hier so waren.

Klar, ein Outlook muss sein. Schließlich liegt die Woche vor mir, Black Box, Schlagerboot, Beachparty mit Schaumbad, White Night und freitags STAGE. Vollprofipartys, gefühlte Singleparty ohne Buttons, aber mit hohem Flirtfaktor und einer Menge Party-Spaß und schnell wechselnden Gesprächspartnern. Für Freunde von NEXT, Geld oder/und Liebe, Getränkeglücksrad.

Der erste Abend neigt sich also Richtung Bommel und Bar. Man ist kaum ein paar Stunden da, aber fühlt sich angekommen. Mag es am altbekannten und abgenutzten Mobiliar liegen, der wohlsortierten Bar, den gleichgesinnten und gutgelaunten Leuten – mit Alltag hat das hier alles nichts zu tun. „Bommel“ ist nur Nebensache, das Thema egal, denn es geht meist um ein Randgruppenwissen oder jemand hat das unnützerweise auch noch studiert. Aber immer getreu dem Motto „Ich reise mich interessant“ weiß ich nun, dass die Ägäis nach einem früheren Stadtherren Athens heißt, der sich bei Rückkehr seines Sohnes in die Fluten gestürzt hat, weil dieser bei Einfahrt die falsche Flaggenfarbe gesetzt hatte. Heute undenkbar, schnelle Netz-Message „Papa, alles niedergemetzelt, komme zurück“ – in ähnlicher Form dürften da auch welche im Club rausgehen. Sicherheitshalber bevor Mutti Heidi sich mit den frisch gemachten Königsberger Klopsen aus dem Fenster der Düsseldorfer Altstadtbutze stürzt. Nein, keine Sorge, der Bub kommt zurück. Mehr oder weniger wohlbehalten, denn jeder ist im Club für sich selbst verantwortlich. Und kaum einem merkt man es an.

Schneller leckerer Pastateller von der Nudelbar, die ich die letzten 15 Jahre wohl übersehen haben muss, und danach geht es aufs Zimmer. Nur das Duschen wird zur Qual. Wieso haben die ein paar Sachen renoviert, aber den doofen Halter für die Duschbrause vergessen? Ich bin genervt, das erste Mal. Wo doch sonst alles klappt, hat der Türke den kleinen Wandhaken vergessen. Das gibt sofortigen Punktabzug und ich sehe mich schon die neun am Old-Style-Zimmertelefon wählen und die liebe Hadice von der Rezeption fragen, wo der Haken ist bzw. wann der Hausmeister kommt und ihn reindübelt.

Erstmal bin aber ich wieder mit reindübeln dran. Nachdem ich an der Hauptbar die Zum-Essen-Gehen-Versammlung erwarte, gönne ich mir eine nicht geschnorrte, sondern bei Ali im Club-Shop selbsterworbene Light-Zigarette. Die heißen hier „Gold“ statt „Light“. Wie auch immer, keines von beiden ist drin, aber sie schmecken. Nach ein paar Drinks sowieso immer. Dazu einen Alibi-Espresso und einen kleinen Raki. Ich treffe einen Stammgast, kenne ihn aber nicht beim Namen.

Also bleiben wir beim üblichen Du und wir unterhalten uns im „Ach der Schröder“-Style, „auch wieder da – wie lange bleibst Du, wie geht es Dir, mein Haus, mein Auto, meine Kinder“. Nur die Club-Art eben. Auf dem Weg zum Essen meine ich nur, dass dieses Jahr bisher nur die Dusche Sorgen bereitet. Da meint mein Gegenüber: „Siehste, das war bei mir gestern auch so, aber schau doch mal nach oben. Die haben seit Neuestem eine Regendusche eingebaut. „Mmh“, fremdschäm, das sind die Momente, wo man sich Sonnenbrand wünscht und man eh schon rot ist. Aber so nicht. Wir lachen beide, immerhin gesteht er, er habe das auch nicht alleine entdeckt. Der Tipp kam von einer seiner Mitreisenden, nachdem er sich schon darüber an der Rezeption beschwert habe, dort aber die türkische Rezeptionistin gar nicht verstanden hatte, was er überhaupt wollte.

Das Abendessen an und für sich ist auch ein Schaulaufen der Eitelkeiten. Hier wird begutachtet und die im vorderen Bereich des Restaurants befindlichen Hochsitz-Tische sind eine Aneinanderreihung der Castingshow-Jurys dieser Welt. Nur wird hier nicht auf Gesang, sondern auf Gefieder der einzelnen Vögel geschaut. Schneller als hier kriegt man wohl kaum einen Stempel aufgedrückt. Natürlich sagt man hier und da „Hallo“. Man kennt sich von Sport, Bar oder den Vorjahren. Smalltalk wird großgeschrieben. Außer kleiner Schoten gibt es wenig Kommunikation und schnell geht es weiter, um einen leckeren Teller an den vielen Live-Cooking-Theken zusammenzustellen. Essenstechnisch schon eine

Wohltat. Jeder, der hier meckert, hat zuhause entweder im Lotto gewonnen oder kann nicht kochen. Dafür aber ordentlich meckern. Klar, jedes Jahr wird diskutiert, ob das Essen besser oder schlechter geworden ist. Dass der Koch, der früher im Club war, nach Marokko in die neue Anlage gegangen ist, aber der Nachfolger das Baklava so unglaublich toll zaubern kann. Egal, solange der Roze am Tisch nicht leer wird, das Raki-Fass prall gefüllt ist und weder Familienministerin noch Pfarrer mit am Tisch sitzen, ist das Ding hier gerettet. Das ordentliche XXL-Schweineschnitzel mit drei verschiedenen Käsesaucen gibt es wieder nach Rückkehr. Hier steht toll angerichtetes Lamm- und Kalbfleisch auf der Speisekarte und zum Nachtisch fällt die Auswahl schwer. Ich freue mich immer auf die Apfelringe im Bierteig oder die leckeren Mandeldonuts. Ganz zu schweigen vom Kaiserschmarrn am Gala-Abend. Der wird nicht nur am Tisch verzapft, nein, es gibt ihn auch in der fürs neugierige Publikum geöffneten Küche. Immer wohlwissend, dass das dort vergleichbar der Single-Einkauf-Supermarkt meines Alltags ist. Immer aufgelegt für einen Plausch, ein kurzes Zwinkern, Lächeln oder ein kurzes Kompliment.

Hier gilt eben noch: Saat auswerfen und abends wird die Ernte eingefahren. Wie auch immer das aussehen mag. Aber aus der Erfahrung sei dahingestellt: Die Ernte rasieren irgendwelche anderen vorher weg und schon ein kurzer Gang zum Austreten kann die ganze Ernte verhageln. Die biblische Mückenplage kann nicht schlimmer gewesen sein, allerdings wird selektiv gewirtschaftet. Die prächtig entwickelte Saat wird zuerst bearbeitet, der Rest wird spätestens nach dem Schachbrett in der Disko geerntet. Irgendeiner der Mähdrescher hat immer noch Potential. Schließlich fährt man nicht gerne ohne eingefahrene Ernte heim. Wobei das in meinem Fall recht egal ist. Man muss auch mal gehen können. Und nicht nur, wenn das Bier leer ist, sondern auch, wenn 95 % Männerquote auf der Tanzfläche sich breitmachen. Das ist zu späterer Stunde der Fall, wenn der Aufstieg von Eintracht Braunschweig schon durchdiskutiert ist und sich auch der letzte Rest in den Nachtclub, better known as Nietenclub, bewegt. Gehässiges Wort, habe ich aber nicht erfunden, das Ding hieß schon immer so. Wohl der Darwin'schen Selektion geschuldet, dass dort eine Art Endverzehr für diejenigen stattfindet, die vorher nicht am Schachbrett zum Zug kamen. Resterampen-Rudi lässt eiskalt grüßen.

Natürlich gibt es auch im Nietenclub jede Menge Spaß und wie den meisten von uns fehlt auch mir das Heimgeh-Gen. Lieber noch ein, zwei Drinks und bloß nichts verpassen. Wer weiß, ob auf dem Heimweg nicht doch noch mal ein kurzer Sprung in den Pool drin ist oder vielleicht der Hase über die Liege nach Hause läuft. Man muss natürlich mit sich im Reinen sein, dass solch ein Tag auch irgendwann seinen Tribut zollt. Da treffen Gegenseiten aufeinander, die im Endstadium vom Alkohol hochgeputscht auch mal ganz schnell am Strand einschlafen können, bevor die Klamotten überhaupt ausgezogen sind.

Üblicherweise trifft man Leute aus dem Party-Bermudadreieck im Club. Das Party-Bermudadreieck ist recht simpel auf der Landkarte zu finden. Es hat den ersten Dreieckspunkt grob skizziert im Sauerland, irgendwo zwischen Soester Markt und Sporthütte Willingen, und zieht sich zu Punkt zwei in den Süden um Ischgl herum, und der letzte dritte Punkt ist der hier beschriebene Club an der türkischen Riviera.

Also grob gesagt, passt jeder, der in diesem Dreieck wohnt, ideal in den Club, erweitert um die lustigen Nordlichter, die hier vereinzelt auch auftreten.

Natürlich ist es so eine Art Jakobsweg, alle drei Punkte im Jahr zumindest einmal anzusteuern. Wobei alleine Punkt drei nur angeflogen werden sollte. Die anderen sind locker mit dem Auto zu erreichen, wenn auch die Heimfahrt oft noch grenzwertig aus einem üblen Mix von Schlafdefizit und Restalkohol verläuft.

Einmal im Jahr einen Stempel ins Partyheft, ähnlich dem der bei der Zahnvorsorge, „Waren Sie denn auch immer fleißig da?“ – Irgendwann gibt’s dann auch mal 5 % Rabatt, immerhin. Geht doch. Es ist einfach schön zu wissen, dass es da draußen Gleichgesinnte gibt, denn immerhin sind im Club sehr viele Wiederholungstäter. Der Rest wohl durch neue Partner oder dämliche Versprechen ausgebremst, denn sonst wäre der Club ganzjährig auf die nächsten Jahre gebucht und neue Plätze schwieriger als ein Bootsanlegeplatz am Starnberger See zu bekommen. Aber vielleicht auch gut so, dass man nicht durch Wartelisten, Empfehlungen und Treuepunkte in den Club kommt. So trifft man großteils immer noch neue Leute. Besser so, denn entweder hat man verbrannte Erde, einen schlechten Eindruck oder beides im Vorjahr hinterlassen. Dann empfiehlt sich der Wechsel des Anreisezeitpunktes. So wie bei mir diesmal der Juli statt Juni anstand. Aber dazu später mehr.

Kapitel 4

Thomas – Schönen Urlaub, Schatz

„Moin Michi, Dir auch", und schon klappern die ersten drei frischgezapften Effez des Tages aneinander. Ich spüre den ersten Schluck frischen Schaum im Mund. Ein Traum, auf nüchternen Magen bei 28 Grad. Es ist kurz nach zehn, ich bin vor ca. acht Minuten wach geworden, habe Gunnar angerufen, kurzes „Moin, gehen wir auf'n Bier?" in den Hörer gegrunzt und nach positiver Rückmeldung mal kurz die Zähne geputzt. Den Rest von Sandmanns Bröseln aus den Augen gewischt, die Sonnenbrille rausgekramt, die Badehose, Shirt und Schlappen drübergestreift und los geht es. Sonnencreme ist etwas für Anfänger und kommt später, denn die Bar ist schön schattig. Da ist eine halbe Stunde ohne Hautschutz in meinem jugendlichen Leichtsinn mal gar kein Thema.

Nun stehe ich also hier, erster Schammie-Urlaub ever und wir trinken morgens Bier. Ich bin Mitte 20 und die „großen" Jungs haben mich mitgenommen. Endlich darf ich mitspielen. So ungefähr muss sich Jahre später der andere Thomas Müller auch gefühlt haben. Nur gab es da kein Bier, mehr Druck von der Führungsebene und ein Trikot vom falschen Verein. Dafür fährt er jetzt mit einem alten Kult-Bus durch die Werbelandschaft und erklärt, wie toll eine Milch seines Namens, Kinderschoki, Wurstriegel und sonstiger Kram schmecken und dass eine Automarke XY doch die beste ist.

So wie der Kloppo, der erst japanische Modelle bewarb und dann bei einem deutschen Autoproduzenten landete. Wer weiß, wo wir den noch sehen werden. Für den guten Stern auf unseren Straßen wohl ein bisschen zu spaßig, beziehungsweise die Marke für ihn zu spießig. Im geistigen Auge sehe ich unseren kommenden Bundes-Kloppo im schneeweißen Kleintransporter, Daumen raus und Slogan „Kriegt noch mehr rein als unsere Gegner". Dazu Basecap schwarz-rot-gold und das strahlende Lachen. Anschluss-Spot mit Bundes-Kloppo und einer Zahnweiß-Zahnpasta oder Haftcreme.

Ich halte jedenfalls den Effez-Goldpokal in der Hand. Nicht viel dafür gemacht außer den Club gebucht und bezahlt, was auch wieder dem dauerdeutschen Meister ähnlich ist. Nur dass ich hier weniger Spiele vorzuweisen habe, bis ich der Loddar des Clubs werde. Rekordnationalclubbesucher, das wird dauern. Etliche Beziehungen verschleißen. Ich hoffe, dass auch junge, hübsche Russinnen darunter sein werden. Ich zweifle es an. Damals jedenfalls, stand die Welt noch offen, ein Effez am frühen Morgen, das war schon etwas anderes. Früher gab's sowas mal am Sonntag, wenn Vater mich mit zur Radtour zum Schoppenhaus genommen hat. Da war aber vorher ein gefestigtes Frühstück drin und wenn man dann mal mit zwölf Lenzen ein Radler mittrinken durfte, war das dann der Ritterschlag, zu den Herren am Tisch beim Kartenklopfen mit zugehörig zu sein.

Im Club jedenfalls stehen wir morgens am Tresen und lassen uns vor dem Frühstück ein paar kühle Bier durch die Kehle fließen und reden dabei über Gott und die Welt. Letztere bietet eine ganze Menge Themen. Viel mehr, als man denkt, und ich sollte einige mal aufschreiben und dann den wortkargen Ehepaaren in die Hand drücken, die sonst sonntagmittags Essen gehen, sich schweigend am Tisch gegenübersitzen und anscheinend nichts zu erzählen haben. Nicht vorstellbar, man wäre am Ende des Erzählens angekommen. So unwahrscheinlich wie die letzte Seite im Internet.

Also reden wir über Job, Leben, Liebe, andere Leute, den Vorabend, alte Clubgeschichten und vertiefen uns so weit, dass wir merken, dass das Frühstück schon längst wieder mal gelaufen ist. Prima, denn nun kommt der kleine Hunger. Eine Tüte Pommes und ein Burger – das wäre jetzt fein. Also erst einmal kurz den Lageplan besprechen: Schnell aufs Zimmer, Sonnencreme auftragen, Handtuchkarte holen und zur Marina, dem Zweitrestaurant am Strand. Gesagt, getan und dort sitzt man dann am Mittag, schaut aufs Meer, die Flasche Roze kreuzt den Weg und wir geraten an einen netten Tisch mit drei Damen aus – Frankfurt. Das kann ja lustig werden. Burger und Pommes schmecken hervorragend. Endlich mal was zwischen den Kauleisten und nebenbei fließt unauffällig der Roze Jahrgang 99. Ein wahrlich edler Tropfen, dem der lange Aufenthalt im Fass verwehrt bleiben wird.

Sabine, geschätzt Ende 20, maximal Anfang 30, hyperaktive Kindergärtnerin und Leiterin der Maulwurfgruppe, lässt es hier auch mal krachen. Mit ihren beiden Freundinnen aus der Schulzeit ist sie für zehn Tage angereist und alle drei machen den Tag zur Nacht oder andersrum. Jedenfalls hatten sie gestern im Nietenclub auch viel Spaß, denn eine von ihnen war verschollen und erst heute Morgen heimgekehrt und nun wolle man unbedingt sehen, wie der Typ ausgesehen habe, der sie nachts bespaßte.

Ich ahne, dass mein erstes Jahr eine Menge Erfahrung bringen und die Tiefen der menschlichen Psyche näher beleuchten wird oder eben die Normalität in mein noch spießiges Denken bringt. Der Typ jedenfalls taucht den ganzen Nachmittag nicht auf, aber dafür stehen wir nach gut zwei Stunden auf den Stühlen und prosten uns zu. Eine Art Oktoberfestfeeling im Sommer. Let's have Spontan-Party in der Marina. Nur mit dem Rauchen sehen sie es hier nicht so gerne, denn da soll man bitte die Randtische belegen, aber wir missachten das immer wieder, bis der arme, leidgeplagte türkische Mitarbeiter erst einmal aufgibt. Rache ist süß, wenn der heute Abend an der Hauptbar bedient, wird es eng mit schnellem Getränkenachschub.

Zum frühen Nachmittag und bester Bommelzeit haken wir die Damen ein und gehen zur Hauptbar und steigen dort mal auf etwas anderes um, denn wir ordern Wodka. Sabine, die hyperaktive Kindergärtnerin aus Frankfurt, und ihre beiden Freundinnen, deren Namen schon wieder vergessen sind, wobei das kompetente „Du" erhalten blieb, haben zur großen Überraschung in ihrer Strandtasche drei Dosen Roter Bulle. Die haben sie draußen in der Türkei besorgt, weil es sie im Club nicht gibt – im Jahr 2000 undenkbar, da war noch tiefstes all-in mit lokalen Getränken und die

Spezialitätenkarte nur mit Schampus und Edelwodka belegt. Ich schätze die damaligen Clubumsätze über die „Genießerkarte“ im niedrigeren Bereich ein.

Arek und Önir schauen uns mit großen Augen an, was das für bunte Dosen sind – für sie beide bis dahin unbekannt. Aber wir bekommen Wodka im großen Glas mit Eiswürfeln. Anders wäre der durch und durch erwärmte Rote Bulle auch nicht zu genießen. Die erste Runde geht auf unseren Urlaub, das obligatorische „Schönen Urlaub, Schatz“ darf da nicht fehlen. Der tollste Urlaubsspruch meines Reiseanbieters, den es jemals gab, nur getoppt von einem Konkurrenzanbieter, bei dem „Urlaub unter Freunden“ mir ein ganz anderes Kopfkino ermöglicht.

Wir trinken eine Runde nach der anderen und landen beim „Schönen Urlaub, Schatz, auf den … ja auf wen? Den PAPST!“, das war so mit die mieseste Wahl, die man treffen konnte. Kein anderer Ort der Erde ist weiter weg vom Gedankengut des soliden Vaters. Aber es ging um die Beseitigung des Roten Bullen samt Wodka. Sehr gelungen. Die Bommelrunde ist längst vorbei und wir sollten Richtung Zimmer, daher hake ich mich bei Sabine ein und Gunnar und Michi bespaßen die beiden anderen Frankfurterinnen.

Es fehlt etwas die Erinnerung zwischen der Straße der Wahrheit (Weg zwischen Bar und dem ersten Block) und der Dusche, unter der ich gerade stehe. Jedenfalls hat der große Zeiger zweimal die Runde auf meiner Uhr gedreht und steht auf kurz nach 20 Uhr. Im Zimmer liegt ein großes weißes

Betttuch und ein freundlicher Zettel, sich heute Abend bitte nur in dieses weiße Tuch zu hüllen und zum Toga-Abend zu kommen. Aha, interessant. Ich hab null Plan, was Sache ist.

Unter dem Bettlaken liegt auch eine Art Anleitung, aha, man soll das Ding also so wickeln und sonst nicht viel anziehen, maximal Unterwäsche und das Teil darüber. Wie auch immer ich das Teil um mich lege, verknote, Armbinde versuche – das sieht entweder bescheuert aus oder es hält zwei Minuten und beim ersten Mal bücken bzw. aufs Bett setzen ist das verflixte Tuch auch schon wieder offen. Das kann ein Spaß werden. Immerhin haben die anderen ähnliche Probleme, es sei denn, da sind Toga-Profis dabei, die seit 1972 hier Urlaub machen und mir später noch die Muschelkettengeschichte erzählen können.

Nach einer gefühlten Ewigkeit von 15 Minuten hält das Betttuchkonstrukt und ich fühle mich wie ein alter Römer. Drei geschickte Knoten und einmal kurz eingerissen – das Stück Stoff hat die längste Zeit als Betttuch gedient, denn nach heute taugt das maximal zum Einfärben und Zurechtschnippeln zum LammArtina-Hemd für den Basar2000. Ich gehe, leicht wankend, bewaffnet mit Zimmerschlüssel, Päckchen Zigaretten und Feuerzeug, Richtung Restaurant. Doch weit gefehlt, denn schon auf dem Weg sehe ich, dass heute die Wiese der Austragungsort des Essens sein wird. Vorher allerdings lege ich einen Stopp an der Bar ein – irgendwann müssten doch auch Gunnar und Michi auftauchen. Die waren doch so richtig schön angeheitert mit den Frankfurter Damen weitergestolpert. Seltsam, ich glaub, ich ruf mal bei Gunnar an.

An der Bar frage ich einen der netten Kellner nach einem Effez und ob ich mal telefonieren darf – klar, kein Problem, schwups stehe ich am Wandtelefon und wähle Gunnars Zimmernummer ... es tutet ... und es tutet auch nach dem zehnten Mal noch. Sehr seltsam. Dann probiere ich es bei Michi, selbes Resultat, da tut sich nichts. Ich versuche mich zu erinnern, was die beiden Frankfurterinnen für eine Zimmernummer hatten. Ah ja, richtig, die wohnten ja da vorne direkt am Eck, um abends auf dem Balkon ideal die Leute beobachten zu können. Ich mach mir ein wenig Sorgen um die Jungs, denn in diesem Zustand kriegt man oft viel versprochen, kann dann aber auch schwer liefern. Wenn man das denn auch sollte – in diesem Fall ein klares Nein von mir, bevor man sich da unglücklich macht. Ich seh im inneren Auge die beiden Frankfurterinnen auf meinen Kumpels rumreiten. Beide liegen schon erschöpft am Boden und werden Schwarze-Witwen-like den letzten Tropfen aus dem Körper rausgezuzzelt bekommen. Unvorstellbar – aber zweifelsohne ein schöner Tod. Doch heute und hier wesentlich zu früh. Ich entscheide mich, als Nachschub zum Zimmer der Frankfurterinnen zu gehen und meine Freunde entweder zu retten oder auch im Witwenzimmer mein letztes exzessives Stündlein schlagen zu hören. Nach kurzem wackeligen Fußmarsch bin ich vor der Zimmertür und höre erstmal vorsichtig an der Tür – nichts, absolute Ruhe ... entweder sind die beiden schon tot und die schwarzen

Witwen schlafen sich aus oder … ich klopfe, nicht todesmutig, aber einfach mal, um Licht in die Sache zu bringen. Drinnen tut sich – nichts.

Das ist schon besonders seltsam. Auch ein zweites und drittes Klopfen ergibt – nichts. Ich gehe wieder zurück zur Bar, denn wenn die Jungs nicht auftauchen, ist eben Einzelmampfkampf angesagt. Somit werde ich mich an den erstbesten Tisch quälen. Heute sehen alle wie Römer aus. Unvermeidbar, an einen Tisch zu kommen, wo möglicherweise die LammArtina-Clique sonst sitzt und rheinischen Frohmut ausstrahlt. Bei meinem Glück … egal, es ist schon kurz vor 21 Uhr und allerhöchste Eisenbahn, sonst fährt der Essenszug bis morgen früh in die Küche und der Bahnhof schließt. Sich nur flüssig zu ernähren geht nicht, jedenfalls nicht auf Dauer.

Ja, es gab noch Kleinigkeiten am Buffet und vom Nachtisch war sogar noch recht viel da. Ich habe einen Platz bei ein paar vorerst als „nett“ eingestuften Zahnärzten aus Köln gefunden und als der eine gefragt wird, wie denn seine familiäre Situation so zuhause sei, hat er nur kurz gekontert, dass das kein Tischthema sei. Völlig falsche Antwort, aber wenn ich mir die Fragenstellerin so ansehe, hätte er auch was von Mormonentum und zehn Kindern erzählen können. Ihre Augen verraten mir: Abreisemodus, morgen weg und heute ist der Zahnarzt ihrer, zumindest die nächsten sechs bis acht Stunden. Und der Zahnarzt merkt, da wird was gehen. Heute wird bestimmt mit der eigenen Wurzel operiert. Allerdings sind die Kosten nicht einzureichen, denn das wird ein reiner

Privatstreich. Viel Spaß dann noch, guten Tag und tschüss, bis später an der Bar, wir sehen uns … ich muss los. Die waren ja alle nett, aber eben nur nett. Man beißt sich nicht und sieht sich später – wobei das in der Menge der Toga-tragenden eher unwahrscheinlich sein wird. Erstmal quarze ich eine flotte Zigarette an der Bar. Dazu ein kleiner Espresso und ich merke, wie meine Beine etwas puddinghaft werden. Das liegt wohl am Pensum des Tages. Ein kleiner Aufheller in Form eines Fernett Branco soll wahre Wunder leisten – der Versuch ist es allemal wert. Nach fünf Minuten schon greift wohlige Wärme Besitz von meinem Körper und den Geschmack im Mund muss man wohl zwangsweise akzeptieren, denn es gibt keinen Drink, der die eierlegende Wollmilchsau ist. Irgendwo ist immer der Haken, denn entweder wirft er dich zeitnah um, schmeckt doof oder wird im Frauen-Cocktailglas serviert.

Wie ich so dastehe, höre ich eine mir bekannte Stimme: Sabine! Sie ist an einem Stehtisch und redet mit einem der Zahnärzte, winkt aber schon rüber. Ich interpretiere das als „Jetzt komm und schaff den Clown hier weg oder mich an einen anderen Ort“. Das kriege ich doch hin. Erst einmal kurz hingegangen und ins laufende Gespräch gegrätscht, um dann ein Thema zu finden, welches der Zahnarzt nur kopfnickend und immer bejahend verfolgen konnte. Aber eben keinen Input hinzugeben kann. Gut so, das sind dann die Momente, wo die Jungs nach zwei Minuten weiterziehen oder sang- und klanglos untergehen. Er merkt, dass Sabine zumindest heute unerreichbar bleiben wird. Dafür hat sein Kumpel die

Dummfragerin. Nur er wird selbst weiterschauen müssen, wenn er noch unterhalten werden will.

Sabine und ich klinken erst ihn und dann uns aus. Es ist Primetime-Schachbrett, aber das interessiert gerade nicht. Ich glaube, wir haben beide enorm Lust auf ein bisschen Knutschen, und damit das nicht jeder sieht, gehen wir hinter der Pastabar in Deckung. Allerdings ist die Frequentierung hier höher als auf einem Bahnhof und immer wieder stolpert jemand ums Eck mit einem „Lasst euch nicht stören“, „Ach was macht ihr denn da“ etc. Also entscheiden wir uns, die „Romantikstraße“ entlang des Strandes Richtung Sauna und Sporttempel zu gehen. Da war ich noch nie, denn den obligatorischen Clubrundgang werde ich wohl nie mitmachen – eher learning by doing. Und heute bekomme ich die Sauna und das Fitnesscenter gezeigt. Idealerweise stehen vier Relax-Liegen hinter ausnahmsweise richtig hohen Büschen. Woher Sabine das wohl wusste? Ich stell da heute mal keine Fragen. Wir kuscheln uns auf eine Liege und hören das Wummern vom Schachbrett, während wir bei ganz anderen Dingen sind ...

Später, die Musik des Schachbretts ist verklungen und Bässe sind leicht aus Richtung Nietenclub zu hören, macht sich Sabine auf und will Richtung Zimmer. Ich bleibe noch zwei Minuten liegen. Das ist einfach diskreter, und dann trete ich den Weg Richtung Bar an. Ich hab einen Durst wie ein, nein wie zwei Kamele nach der Saharadurchquerung. Aber – die Bar hat schon zu und bis zum Nietenclub ist mir zu weit, zudem würde ich gerne wissen, wo Michi und Gunnar geblieben sind. Ich entscheide mich für den kurzen Weg in den ersten Block zu den Jungs und klopfe leise das erste Mal an. Drinnen bewegt sich etwas, Gunnar ist also da. Er öffnet die Tür. Von Unterhose und Co. hat er wohl noch nie etwas gehört, aber wir sind unter uns. Ich ahne, wieso er im Freundeskreis einen südländischen Spitznamen trägt, aber nicht weil er beschnitten wäre ... das Ding erinnert mich an das Gehänge der Dorfkirchenglocke bei meinen Eltern.

Gunnar schaut mich völlig zerknittert an. „Hey Thomas, was'n los?" Ich sehe, dass er gerade mal zwischenaufgewacht ist und total fertig sein muss. „Komm rein ... was'n los? Bin unter der Dusche eingenickt und dann war's dunkel, bin ich halt da geblieben. Irgendwann hat so'n Depp hier durchklingeln lassen, war aber zu voll, um ranzugehen, musste mal Pause einlegen nach all den Drinks, der Michi scheint wohl ähnlich voll zu sein, hab nur zweimal die Toilettenspülung unter mir gehört, glaub, der ist auch fertig." Ich erzähle meine Sorgen um ihn, die Schwarzen Witwen, die Toga-Party, Sabine und vom tête à tête hinter der Sauna ... und „Meister, hab ich 'nen Brand, ich sauf gleich deine Sonnenmilch!" Wir schauen uns an und müssen lachen. Zehn Minuten später stehen wir im Nietenclub. Mit einem kühlen Effez in der Hand und ich zumindest mit einem entspannten Grinsen im Gesicht. Recht großer Rüdentreff hier, hinten sehe ich irgendwo den Zahnarzt die Dummfragerin knutschen, den anderen Dentisten sehe ich nicht. Ein Lücke, die man nicht schließen muss. Ich gehe jetzt eine Runde tanzen. Insomnia und die Rockrunde ab drei Uhr puschen nochmal hoch. Während

Gunnar und ich im Fremdschämstyle Luftgitarre spielen und uns gegenseitig hochheben, sind fast nur noch türkische Mitarbeiter um uns herum. Beim ersten Klang türkischen Pops schlagen wir High-five ein und räumen das Feld. Morgen ist auch noch ein Tag. Einer weniger bis zur Abreise, aber ein neuer … nach den ersten Tagen weiß ich: Das hätte ich nie sehen dürfen, und der ein oder andere, den ich irgendwann mal mitbringe, wohl auch nicht …

Kapitel 5

Angekommen

18,5 Kilo im Koffer für eine Woche. Beim Packen war ich dann doch wohl etwas zu eitel. Lieber mal ein Shirt mehr als zu wenig, aber eines ist klar: es ist zu viel drin. Ich werde ganz sicher ein Drittel bis gut die Hälfte wieder mit nach Hause schleppen – vermischt mit dem Rest der muffigen, verschwitzten, sonnencremebenetzten, schaumpartygenässten, verdreckten, verkrusteten Restklamotten, die beim Öffnen in Deutschland weder den Geruch von Erholung noch Freude ausstrahlen, sondern nach Arbeit riechen. Nach viel Arbeit, wenn auch das Waschen nicht mein Job sein wird. Zumindest fang ich mir mal wieder einen Text zuhause dafür ein.

Tag 1 nach Anreise beginnt mit leichtem Kopfdruck. Eigentlich fing der Tag schon vor vier Stunden an, als meine Blase einen kurzen Ausflug in die Keramikabteilung vorschlug. Nächstes Jahr – das ist klar, nehm ich Granuspatz mit. Das wird fester Bestandteil meiner Bordapotheke mit AlkiSelzer, Kopfschmerz- und Kohletabletten. Mehr braucht kein Mensch. Denn hier fährt die über das Jahr gut gewartete Maschine auf Höchstleistung. Da muss kleines Feintuning ausreichen. Nur die Kohletabletten wären nicht so fein, denn die will ich keinesfalls verwenden müssen, weil das schlaucht auf Dauer, wenn man mehr im Zimmer auf dem Topf sitzt als am Strand. Noch ist alles okay, kleiner Schädel, aber normal. War ganz klar vorherzusehen, dass ich am ersten Tag wieder zu tief ins Glas schauen werde. Ein kurzer Blick auf die Uhr und ich entscheide mich aufzustehen, notdürftig frühstücksfertig zu machen und zum Hauptrestaurant zu gehen. Geplant ist eine Runde Sport und dafür habe ich recht viele Klamotten mitgenommen. Der Vorsatz steht und wird auch eingehalten. Egal, wie stramm ich gefeiert haben sollte.

Im Hauptrestaurant lasse ich die Sonnenbrille erstmal besser auf, so hell, wie es hier ist. Ich brauche zuallererst einen Saft, finde aber den O-Saft nicht, der sich irgendwo verstecken muss, aber sich meiner Logik entzieht. Vielleicht sollten die mal den Supermarktplaner vom Großmarkt die Auswahl reviewen lassen, damit man auch was findet – die teureren Speisen versteckt, das billige Zeugs vorne hin, also Eier und O-Saft in die erste Reihe. Schnell satt werdend und den Lachs und die teuren Säfte irgendwo weiter hinten. Ich ziehe mir zwei frisch zubereitete Bananenmilch und einen Teller Eier – unter anderem Eier im Napf. Das sieht grenzwertig ranzig aus, aber irgendwie geht das heute an mich ran. Energie ist das Zauberwort – damit ich nicht nach zwölf Minuten vom Spinningrad fallen werde. Ich entschließe mich, sechs weitere Gläser Saft zu trinken, denn dann müsste der Flüssigkeitshaushalt so weit im Lot sein. Und die Eier geben den Rest. Noch sitze ich alleine am Tisch. Die anderen pennen wohl noch und ich glaube nicht, dass hier ein Early Bird dabei sein wird. Steve wirkte gut angestochen und er ist bestimmt noch weiter Richtung Nietenclub gezogen. Terri bestimmt auch, denn die war gestern auch recht gut dabei. Ich weiß gar nicht, wann ich heim bin. Ich glaube, ich war sogar noch kurz im Nietenclub, aber nicht mehr lange. Grobe Erinnerung zwei Uhr ... so zeigt es jedenfalls mein Smartphone an, denn da ist der letzte Text von mir verschickt worden. Klar, man ist zusammen im Urlaub und schreibt sich dann noch nachts Kurznachrichten, dem WLAN sei Dank.

Als ich mir bei der zweiten Runde nochmal Bananenmilch hole, treffe ich die noch etwas ramponierte Terri, die auch mit dicker Sonnenbrille noch erschreckend müde wirkt. Das sehe ich auch durch meine viel zu dunklen Gläser. Ihr schlurfender Gang, wenig Motivation und ein Teller, der nicht üppig bestückt ist. Der Appetit wird da erst gegen Mittag kommen und sofort ein Verlangen nach Sekt auf Eis auslösen. Keine schlechte Idee, aber ich hab heute Sport auf dem Radar. Terri erklärt mir erstmal, wo der O-Saft ist. Der steht doch wirklich hinten an der letzten Ecke und ist schwer zu sehen – jedenfalls mit Sonnenbrille und Restmüdigkeit, ansonsten bin ich sicherlich der Einzige, der weder die Regenbrause der Dusche noch den O-Saft gefunden hat. Das macht mich nachdenklich ... Terri kommt mit zu mir an den Tisch und wir lassen den Abend Revue passieren. Der Nietenclub war wohl nicht das Weltereignis, die Musik mitunter recht gut, aber auch nicht erinnerungswürdig. Das Publikum wohl ebenso und die Tanzfläche recht dünn besucht, was aber wohl auch an der Incentive-Veranstaltung eines Versicherers lag, der seine Topleute zum Wochenende hier einquartiert hat. Und das auch noch wahnwitzigerweise mit Lebenspartnern. Das sprengt natürlich den Club, der mehr auf Einzelgänger und Jäger ausgerichtet ist. Jedoch immer fragwürdig, ob der Jäger den Cougar erlegt oder andersrum. Im diesjährigen Fall jedenfalls munkelte man von ca. 90 Versicherungsleuten und ihren Partnern, was ein recht großer Anteil aller Gäste ausmachte. Und klar, der 22-jährige Versicherungsstar, der Mahmut Gökkers der Neuzeit, war nicht dabei. Das waren eher mal die älteren Semester, die hier die Topergebnisse eingefahren hatten und somit belohnt wurden. Es verwundert schon, dass es heutzutage solche Incentives noch gibt, gerade in der Versicherungsbranche, die mit diversen Reisen nicht gerade geglänzt hat. Ich will jetzt nichts gegen die Auswahl für den Club hier sagen, aber ein paar Tage Golfen in ruhigerem Umfeld auf Mallorca hätten es für die Versicherungsfritzen auch getan – und womöglich bei aufkommenden Rückfragen weniger Einfallsreichtum verlangt.

So richtig viel gab es also nicht zu berichten vom Nietenclub und meine Uhr zeigt auch schon wieder viertel vor elf an. Noch 30 Minuten bis zum Spinning. Ich stehe mal auf, lasse Terri alleine am Tisch zurück und gehe gemütlich ins Zimmer, um die Sportklamotten anzulegen und um zehn Minuten später komplett verwandelt und im Gefühl des kommenden Tour-de-France-Siegers zum Treffpunkt zwischen Stage und Nietenclub zu kommen. Eine tolle Trainings-Location mit noch tollerem Blick aufs Meer. Eine Holzbühne, überspannt mit schattenspendendem Segel und um die Nase eine frische Meeresbrise – ideal! Ich freue mich, besonders auch, weil nur eine Handvoll Leute da ist. Wir verteilen die Räder ohne Gerangel und bewaffnet mit Handtuch und Wasserflasche geht es locker in die Pedale. Kurzes Warmfahren und dann geht es im Intervall auch schon in die Vollen. Vier recht knackige Bergetappen und mehrere intensive Übungen, aber die gut gewählte Musik peitscht ordentlich mit und die Stunde vergeht schneller, als man denkt. Das hat ja mal richtig Spaß gemacht! Ich spüre weder den Vorabend noch irgendwelche Beschwerden, aber das unbedingte Verlangen nach einer monstergroßen Cola auf Eis. Und danach einen Eistee und vielleicht noch einen. Nach dem Wegräumen der Bikes laufe ich mit einem Pärchen zur Hauptbar. Ein Photo von mir in den Radklamotten wäre jetzt nicht schlecht und ich bitte um ein Bild auf dem Smartphone und kann somit auch den Beweis zuhause anbringen, mal Sport gemacht zu haben. Und das am ersten Tag! Jetzt steht auch Önir schon bereit und zapft im extragroßen Glas eine eiskalte, leckere Cola auf Eis. Terri hat mich erblickt und wackelt vom Pool zu mir rüber und kann es kaum glauben, dass ich hier mal Sport mache. Ja, es ist eine Premiere, außer ein wenig Segeln hab ich eigentlich nie etwas vom Angebot außerhalb der Bar genutzt. Sportschuhe hatte ich einmal dabei, aber die blieben fein säuberlich stehen, was wohl dem zu hohen Konsum des ersten Tages geschuldet war, dessen Pegel sich bis zur Abreise nicht mehr senken wollte. Da war ich gestern wohl vorsichtiger und habe nun, nachdem ich mich ordentlich verausgabt habe, das Gefühl, null Promille zu haben. Ich sehe also den Club komplett neu und aus einer anderen Sichtweise. Keiner verkehrten wohlgemerkt. Mit Terri verabrede ich mich zum Mittagessen in 30 Minuten. Erst einmal raus aus den verschwitzten Klamotten und duschen.

Dann ordentlich Sonnencreme dick auftragen, umziehen und ab ins Restaurant. Der Hunger ist zwar noch nicht groß, dafür eher der Durst. Aber Lust auf eine weitere Bananenmilch und eine große Limo. Wenn es Hühnchen süß-sauer gibt, wäre der Tag perfekt. Aber zuerst mal per Kurznachricht das Beweisbild nach Hause senden. Irgendwie bin ich schon stolz auf mich und habe innerlich den festen Entschluss gefasst, auch morgen wieder am Start zu sein. Dann werde ich das Trikot anziehen, das mir Freunde mal geschenkt haben – die hatten einen bekannten Radfahrer unter Vertrag, der zum Ironman-Event gesponsert wurde. Sieht total professionell aus und hat den „Ironman Germany"-Aufdruck und zuerst denkt mal jeder, dass man da dann auch dabei war. Ist ja nicht auszuschließen, denn die meisten Hobbysportler sehen nicht wie die typischen Ironmänner aus – da strampeln teils Übergewicht oder ausgemergeltes Knochengerüst den „Heart Break Hill" hoch. Im Übrigen meine Hausstrecke, wenn ich mal zur Arbeit fahre – aber lieber mit dem Moped als mit dem Rad.

Der Entschluss steht also fest und nun, so kurz nach halb eins ist der Tag meiner. Sport für heute beendet und ich fühle mich frisch und entspannt. Das wird nach dem Essen sicherlich noch besser, wenn es an den Strand geht. Aber zuerst treffen wir uns im Restaurant. Terri hat mittlerweile Steve aufgetrieben und im Schlepptau zwei Jungs aus dem Schwäbischen, die auch schon abends mal mit am Tisch am Schachbrett standen. Ich hab die Namen nicht mehr parat, aber das ewig gute „Du" reicht. Die beiden erinnern mich an

Joko und Klaas von einem deutschen Privatsender. Nette Jungs, die sicherlich auch viele witzige Storys zu erzählen haben. Wir nehmen uns einen 8er-Tisch, die mittags im Überfluss zur Verfügung stehen, da sich die Essensmeute zeitlich aufteilt und auch die Marina am anderen Ende des Clubs ein ordentliches Zwischenmenü inclusive frischen Döners anbietet.

Wir entscheiden, uns am Strand nach Liegen umzusehen, und starten nach dem Essen direkt durch. Ich habe eine kleine Tasche dabei, in der Sonnencreme, Telefon, Sonnenkappe und das Handtuch verstaut sind, und sehe aus wie ein links wählender Lehramtsanwärter, der auf den Bus zur Demo wartet. Also schnellstmöglich eine Liege finden, die Tasche loswerden und die Füße hoch legen. Was aber gar nicht so einfach ist, denn die erste Reihe der Wiese zum Kieselstrand ist komplett belegt. Und da sind die tollen Edel-Holzliegen. Uns bleibt nur ein kleiner Randstreifen zum Volleyballfeld und dann gibt es auch nur noch die durchgelutschten Plastikliegen, die gefühlt bei Cluberöffnung schon da waren, mich vor 15 Jahren schon beherbergten und deren weiße Flecken auf der Bespannung nicht unbedingt Vogelkot sein müssen, sondern durchaus ein eingetrocknetes Relikt von Sabine und mir aus alten Tagen sein könnten.

Zu fünft liegen wir unter dem schattenspendenden Baum und kaum habe ich mich hingelegt, fängt die wohl lauteste Grille der Türkei das Zirpen an. Nichts gegen den Benzinrasenmäher eines Anwohners oder das Schreien einer Grundschulklasse im Nachbargarten – die Grille nervt unendlich. Ich stehe kurz davor, in die Marina zu gehen und den dicksten Döner mit fett Zwiebeln und extra Gewürz zu holen, um danach die übelste Blähung der Welt zu bündeln und diese unterhalb des Baumes freizulassen. Dann wäre es eine Frage von Sekunden, bis die gefühlt zwei Kilo schwere Grille aufgibt und sich entweder einen anderen Platz sucht oder durch die Geruchsbombe betäubt vom Baum fällt.

Wir geben der Grille aber stattdessen die Chance, uns fröhlich weiter zu bezirzen, und jeder erzählt mal wieder einen Schwank aus seiner mehr oder weniger lustigen Jugend. Da die beiden Jungs neu dabei sind, besteht hier Potential, mal wieder was Neues zu hören. Und klar, entweder gibt es eine schöne Saufgeschichte oder eben was im Zwischenmenschlichen, was nicht so toll lief. Diesmal geht es um einen Ausflug mit den Jungs, der in einem amerikanischen Schnellrestaurant endete und bei dem einer der Teilnehmer wohl gar nicht mehr zurechnungsfähig war und mit dem Gesicht in die offene Burgerpappschachtel klatschte – also die Bulette nochmal etwas zusammenpresste, um dann mit Soße und Gurke im Gesicht wieder aufzutauchen und trotzdem nichts zu bemerken. X-mal erlebt, wahrscheinlich auch nur lustig, wenn man dabei war, aber in der heutigen Zeit selbstverständlich alles mit dem Smartphone aufgenommen und zur Präsentation bereit. Sehr schön, denn auch wir dürfen den Film nun sehen. Der arme Kerl, der weiß gerade mal gar nicht, dass er hier komplett vorgeführt wird, und kann froh sein, wenn seine Kumpels echte Freunde sind und ihn nicht ins Netz reinstellen. Lustige Filmchen sind fein, das war der nötige Startschuss und wir schauen nun die besten versendeten Videos aus unseren Chats an, die man so dabeihat. Viele sind untereinander bekannt, aber jeder kramt noch ein paar Highlights raus, die man untereinander unbedingt tauschen muss. Topfilm des Tages ist heute der Clip mit dem Schaf, welches per Einspieler so nett blökt, als in einem Erwachsenenfilm der Begatter bei der Hündchenstellung im Familienkombi abrutscht und die falsche Öffnung der Gespielin erwischt.

Es wird Zeit für einen Sekt auf Eis. Das heißt, wir knobeln und klar, ich bin wieder an der Reihe mit Getränke holen. Was aber nicht schlimm ist, denn so kann ich die Promenade entlanglaufen und mal schauen, wer so da ist. Das ist immer ein übles Schaulaufen. Die Leute sind alle auf ihren Liegen und man kann sich sicher sein, dass man schon von weitem gemustert und belästert wird. „Der Schlong, der war doch auch gestern noch an der Bar.“ „Der Zottel, auch so’n Vogel.“ „Der Jesus da ist gestern auch alleine heim.“ „Der war heute beim Sport, ein Wunder, so, wie der gestern noch rumlief.“ „Was’n Pfosten, der ist auch schon ’n paarmal hier gewesen, typische Bar-Eule.“ „Ich find den komisch, so’n arroganter Typ und die Blonde bei ihm ist entweder Schwester oder gute Freundin, der hat nix mit der.“

Die Gedanken der Anderen. Aber das ist normal, ich denke ja auch viel, wenn ich vorbeigehe, wenn zum Beispiel Tattoos einfach nicht zum Träger passen, der gelbe Bikini zwar schön aussieht, aber nicht zum Körpervolumen passt, alte

Lederhäute mit SF2 in der Sonne bruzzeln und mich an die Ledercouch zuhause erinnern. Und natürlich die Fitnessjogis, die es nicht nur rechts, sondern auch links haben, dafür oben nicht so viel, aber das auch nicht schlimm finden. Die legen jeden Monat ihre paar Euros zur Seite, um dann einmal im Jahr hier ordentlich Gas zu geben. Vornehmlich Sport und Co., echte Eiweiß- und Muskelexperten, aber abends an der Bar sind die dann kaum, weil viel zu sportbewusst, und haben sicherlich um 17 Uhr schon die Else eingebucht, die mal in den festen Oberarmen bei wenig Unterhaltung liegen will oder mehr erwartet, als die aufgepumpten Jungs dann auch geben können. Nein, manche Gedanken sind nicht fein, aber so ist wohl jeder. Man denkt eben in Schubladen, man schaut sich alles genau an, muss aber auch im Gegenzug damit leben, genau angeschaut zu werden. Man weiß um die eigenen Schwachstellen, will sie aber nie hören. So ist das nun mal. Nur im Club kriegt man ab und an auch mal die ungeblümte Wahrheit gesagt. Die schmeckt dann nicht immer wie ein Sekt auf Eis. Und den wollte ich ja holen. Fünf Mal … Ich stehe an der Theke in der Marina und der Kellner mustert mich – war vielleicht der, der vor 15 Jahren 20-mal höflich aufs Nichtrauchen hingewiesen hat. Jedenfalls dauert das alles ganz schön lange und ich muss aufpassen, dass er nicht den Rosé-Sekt kredenzt, der zwar lecker ist, aber null Umdrehungen hat. Mit den vielen Eiswürfeln in den eigentlich zu kleinen Bechern wird das eh kein richtig großer Fang hier – aber zehn Sekt auf Eis sind mir eindeutig zu viel zu tragen. Das kleine Tablett ist mit der Hälfte schon gut ausgelastet – und wenn, dann muss eben einer von Joko und

Klaas die Reise um die Welt antreten, oder eben Terri oder Steve. Das werden wir dann sehen. Auf dem Rückweg muss ich natürlich wieder an den Liegen vorbei. Man könnte fast Striche auf das Tablett kratzen, wie viel doofe Texte fallen, „Ah, der Service“, „Danke, stell's da hin“, „Hast Du einen für uns dabei“ etc. pp. Wenn denn mal die Richtigen fragen würden, aber es sind meistens die Fitnessjogis, die sich vor ihren Neuerwerbungen wichtigmachen wollen, oder die Lederkrokodile, die sich langsam anschleichen und dann bestimmt nicht mehr loslassen, bis man sich im Todeskampf auf ihren Laken wälzt. Andere hingegen schauen nur still zu, denken sich ihren Teil oder lesen einfach nur ihr Buch und nehmen keinerlei Notiz. Letztere sind mir die liebsten Zeitgenossen. Da gibt es Bonuspunkte und man sieht sich immer zweimal im Club – spätestens abends an der Bar.

Mit kleinem Applaus komme ich zu unseren Liegen. Mittlerweile fängt nebenan auch Volleyball an. Es ist also eine Frage der Zeit, den ersten Schmetterball auf die Rübe zu bekommen. Wir trinken gemütlich den Sekt und Terri hat ihre Soundbox mit dem Smartphone gekoppelt. Es ist Wunschmusik angesagt. Natürlich muss zuerst mal Helene laufen. Das ist zwar Fremdschämen, aber irgendwie sagen alle, dass Helenchen gut aussieht und auch noch besser tanzen und performen kann. Die ist schon eine Goldige und macht ein gutes – vielleicht ein bisschen zu kommerzielles - Programm, und ja, auch wenn andere darüber lachen, ich würde zu einem Konzert gehen. Danach kommt weniger Diskussion um „Wolke 4“ und „I follow rivers“. Es folgen

Wünsche unsererseits, Peter Fox und der Klassiker „Nein Mann, ich will noch nicht gehen“ – also Level letzter Strohhalm im Nietenclub, wenn das Licht schon aus- bzw. angeht und auch der Letzte dort weiß, dass der Zug abgefahren ist. Dann erzähle ich, dass ich nach durchzechter Nacht beim Aufwachen immer gerne „Doro – für immer“ höre, melancholisch, aber gut, irgendwie genau das, was man am Folgetag braucht, um alles Revue passieren zu lassen, Süppchen zu kochen und um sich dann mit starrem Blick irgendeinen Quatsch im Fernsehen reinzuziehen. Ich erzähle, dass ich früher immer, wenn ich von langen Abenden heimgekommen bin in meiner damaligen Junggesellenbude dann noch Musik gehört habe, mit dem Besenstiel getanzt habe und dazu entweder die Ärzte – „Boddy Holly´s Brille“, Falco – „Jeanny“ oder eben Doro und Warlock gehört habe. Bis zu dem Moment, als ich eines Tages auf dem Teppich in voller Montur aufgewacht bin, der CD-Player noch an war und ich von nichts mehr irgendeine Ahnung hatte. Ab dieser Zeit bin ich immer direkt Richtung Bett. Die abendlichen Feiern liefen am Ende dann also doch aus dem Ruder und nachdem innerhalb kurzer Zeit zwei Mal Besuch der Ordnungsmacht an der Tür stand, war das vielleicht die beste Idee, mal einen Schritt kürzer zu treten. Der Mieter unter mir hatte wohl nicht schlafen können, aber anstatt mal zu mir hochzukommen und ein Bier mitzutrinken, wollte er wohl morgens ausgeruht zu seinem Beamtenjob und rief daher immer gleich bei der Polizei an.

Der Strandnachmittag neigt sich nahtlos gegen Abendprogramm, Bommel und Bar. Wir packen die Handtücher von den Billigplastikliegen und starten an die Hauptbar. Kurzer, leckerer Pastateller und Bommel. Zur Abwechslung gibt es WodkaWelldrink und ein paar Erdbeersekt gefolgt von kühlen, erfrischenden Effez. Freddi kommt vom Strand. Ihn hatte ich heute noch gar nicht gesehen und freudestrahlend rollt er auf mich zu, grinsend wie eine Honigbiene und kann sich kaum artikulieren, da er – wie ich beim zweiten Mal verstehe – beim Wasserski war und die geilste Runde ever gedreht hat. Beim Bommeln sind wir heute nicht so gut dabei. Der Nachbartisch aber auch nicht. Der Kamerad mit der getönten Peter-Lustig-Style-Sonnenbrille wirkt schon mehr als angestochen und wird vom Animateur etwas hochgenommen. Respekt, um 18 Uhr ordentlichste Schlagseite, aber ich kenn ihn aus den Vorjahren – zudem sympathisch, denn er ist der Typ, der die Regendusche auch nicht auf Anhieb entdeckt hatte. Ich winke rüber und er grüßt zurück. 100 pro stehen wir in diesem Urlaub noch zu einem Drink und einer filterlosen Zigarette am Tisch zusammen. Mal gespannt, was der so zu erzählen hat. Fährt anscheinend ab morgens zehn Uhr das große Barprogramm ohne Kompromiss. Auch eine Art, seinen Urlaub zu machen. Ich glaube, da endet der Tag unter Umständen auch mal früher. Auf jeden Fall muss der Körper da auch Höchstleistung fahren. Bei Raki und Effezattacken bei um die 40 Grad im Schatten. Die Fitnessjogis vom Strand würden da schnell die weiße Flagge schwenken.

Nun ist aber Zeit zum Duschen, Terri holt mich nachher ab, insofern muss die Bude nochmal durchgelüftet werden und die Toilettentür nicht offen stehen bleiben – den Fehler des Vorjahres geb ich mir nicht nochmal, dass ich dann viermal am Tisch einen Rüffel bekam, dass mein Zimmer Dresden 45 mit der Smogglocke von Shanghai 2010 ähnelt. Das sind so Sachen, die brennen sich in Frauengehirnen einfach fest und sorgen aber für wenig gute Kritik – und können bei der ein oder anderen unbeteiligten Außenstehenden für Verwirrung sorgen.

Hier im Club jedenfalls ist das Thema Beziehung und Treue ein anderes. Noch nie habe ich so viele offene Beziehungen berichtet bekommen, die zwar nur einseitig bestätigt sind, aber durchaus glaubhaft dargestellt werden. Auch die Frauen sind wesentlich offener als diejenigen, die man sonst so im Alltag trifft. Vielleicht kommt hier der ideale Mix aus Urlaub, Sonne und Alkohol zum Zug. Sollte es meiner Meinung nach auf Rezept geben. Und noch besser: Man sollte die lockere Einstellung auch sonst mitnehmen und nicht nur im Urlaub die Maske der Fröhlichkeit aufsetzen.

Heute Abend ist Motto BlackBox angesagt – dementsprechend ist ein Großteil der Leute im Beerdigungsmodus angezogen. Hinter der Hauptbar sind hohe schwarze Seitenwände aufgebaut und durch einen schmalen Eingang kommt man in die abgeschirmte Location hinein. Das ist alles recht lieb gemeint, aber es ist höllenlaut und noch wärmer da drin. Auch wenn nach oben offen, zieht hier kein Wind durch und innerhalb kürzester Zeit kleben die

Klamotten am Körper und der Geräuschpegel ist für Unterhaltungen tödlich. Selbst das „Halloooo, wer bist Du, wie lange bleibst Du, woher kommst Du“ nervt schon, weil man eh nicht versteht, ob nun Anja oder Sandra, Freitag oder Samstag oder Wuppertal Giessen ist.

Wir stehen draußen an der Hauptbar. Wesentlich angenehmer und trinken einen Espresso. Joko und Klaas sind dazugekommen, Terri, Steve und ein Pärchen, welches später noch am Tisch bei uns saß. Zuerst war das nicht so zu erkennen. Es hätten auch Freunde sein können, aber nachdem einige Themen bedeckt angesprochen wurden, war klar, dass die beiden zusammen angereist sind. Auch ein schweres Los. Ich würde mir das nie zutrauen, denn die Gefahr, einen Mecker zu fangen, ist da viel zu groß und gerade im Urlaub braucht man(n) auch mal Auslauf, eigene Tagesplanung, und sollte man eben mal um 18 Uhr auf dem Zimmer einratzen, dann ist man eben erst um 23 Uhr wieder am Schachbrett. Alles easy. So wie heute, wo zwar BlackBox groß angekündigt war, aber irgendwie die Stimmung nicht auf Touren kommen will. Mit Steve traue ich mich nochmal rein ins Getümmel – rechts antäuschen und dann links rüber zur Zapfanlage, das Extra-Bezahlprogramm mit Flasche auf dem Tisch gegen Aufpreis zieht hier nicht so gut. Wer will sich auch schon anschreien und bei gefühlt 43 Grad im eigenen Saft braten lassen. Zwei Drinks später sind wir aber auch schon wieder draußen und ich verabschiede mich Richtung Zimmer, denn heute wird das wohl nichts mehr hier. Mein Sportplan wird mir dankbar sein.

Also mein zweiter Tag führt um kurz nach elf Uhr zum Fatburner-Biken und mal gucken, wer so alles morgen beim Sport am Start sein wird. Die dankbare letzte Reihe und dann gucken, was mitradelt. Kleiner Figurcheck vorab, manchmal ist die Radlerhose Alibi oder in Größen verfügbar, die ich nie erahnt hätte. Jedenfalls wirken hier einige sportlicher, als sie es aber wirklich sind. Eben das Publikum, welches am zweiten Club-Tag den Turbo-Muskelkater hat und dann nie wieder auf dem Spinningbike gesehen wird. Aber auch nicht an der Bar. Das ist dann die Sorte Gäste, die mit mir im Transferbus zum Flughafen mitfahren und bei denen man sich fragt, ob die auch jemals mit hier im Club waren.

Kapitel 6

Rückblick 2000

Das klingt so seltsam, und zwar nicht wegen des Wortes Rückblick, sondern wegen der 2000. So ab Mitte der 80er wurde überall die 2000 drangeschraubt. An alles, was irgendwie modern und stylish wirken wollte, aber dann, je näher das Jahr 2000 kam, umso altbackener daherkam. Ich erinnere mich an Blümchen2000, glaub, die gibt es sogar noch. Aber am besten erinnere ich mich an Erotik2000, den Laden ab 18, der auf meinem Heimweg von der Schule kurz vorm Umstieg am Busbahnhof lag, wo ich die Linien wechseln musste. Bis zum ersten Halt waren es zwei Ortschaften per Bus von der Schule, also gefühlt ein Zufall, dort jemanden zu treffen, den man dort nicht erwartet hatte. Aber eines Tages stand der Bus an der Fußgängerampel vor dem Einkaufszentrum mit Erotik2000, dem Laden mit den abgedunkelten Scheiben und der roten Beschriftung mit den Herzchen, und wer kam aus der Tür mit der unauffälligen schwarzen Plastiktüte? Mein Erdkunde- und Sportlehrer. Also schwitzte er sich das Zeug dann auch nicht aus den Rippen und stillte seinen Erforschungsdrang nicht nur im Abfragen von Koordinaten und aller Flüsse zwischen Nord- und Südpol. Alter Verwalter, heute schaut er bestimmt die einschlägigen Seiten im Internet und die NSA zeichnet ihn dabei auf. Die damals erworbene VHS-Kassette oder das Special-Heft mit den Hairy Ladies gammelt irgendwo in einer Schublade, bis seine Kinder irgendwann einmal den Nachlass verwalten und sich beim Aussortieren der Habseligkeiten entweder schenkelklopfend einen ablachen, auf was der Papa so gestanden hat, oder mit hochroten Ohren den Schmuddel schnell entsorgen.

Mein Rückblick 2000 ist da vielleicht ähnlich. Einerseits war das erste Jahr das beste. Andererseits hat sich seitdem viel geändert. So wie in den Heften und Filmen die Behaarung verschwand, wurde der Club auch glatter. Im ersten Jahr hatte ich im Nachhinein den Eindruck, Dinge erlebt zu haben, für die ein normaler Clubbesucher vier Wochen braucht oder ein Nicht-Clubbesucher eine noch längere Zeit einplanen sollte. Es war einfach eine neue, schöne und durchaus lustige Welt.

Nach dem Toga-Abend und Fitnesscenter-Liegen-Besuch ging es nämlich am nächsten Tag genauso heiter weiter. Als hätte jemand die innere Uhr gestellt, klingelte kurz vor zehn Uhr mein Telefon. Gunnar war dran und fragte nur ein Wort: „Bier?“ Das „Guten Morgen“ konnten wir uns schenken, denn es war ein Weckruf und zugleich auch ein Treffpunkt für uns alle. Zehn Uhr Hauptbar, trink oder stirb. Leicht wankend und die Türöffnung rechts und links aneckend, stolpere ich zwischen Dusche, Klo- und Zimmertür hin und her. Unten auf dem Boden liegt der Wandschmuck. Ein kleiner Teppich, ui, was ist denn da passiert. Und langsam dämmert mir, dass ich beim Heimkommen in Schräglage hängengeblieben sein muss, mich an der Wand festhalten wollte, aber nur den Teppich greifen konnte, um mit diesem nach unten abzuschmieren. Tja, nun hängt oben an der Wand der Rest des Teppichs, fein säuberlich gerissen, und unten liegt die verbleibende Stoffrolle. Mist. Ich suche etwas Geld und lege 20 Mark aufs Bett. Hoffentlich kriegt die Zimmerfee das wieder hin.

Fünf Minuten später steh ich an der Hauptbar. Zähne frisch geputzt, aber noch leichten Raki-Restgeschmack in der Backentasche. Der hält sich aber hartnäckig, unglaublich. Neben mir strömen die ersten Joghuretten, pardon fitnessbewussten Damen an die Bar. Ein Latte Macchiato, ein Sprudelwasser, mit viel Glück ist auch mal etwas mit mehr Zuckergehalt dabei, aber dann eher bei denen, die es nicht sollten. Michi hat schon mal prophylaktisch drei Pils geordert. Es dürften die ersten Effez des Tages sein, denn wenn die Crew den Zapfhahn nicht gereinigt hat, stand der türkische Gerstensaft über Nacht im Rohr. Es würde also heißen, dass das erste Bier eh nichts schmeckt. Aber kaum angesetzt, rinnt es fröhlich erfrischend die Kehle runter. Ich erzähle, was gestern Abend noch passiert ist, und nach dem Teppichausrutscher würde ich gerne Michis Geschichte vom plötzlichen Verschwinden nach der Rote-Bullen-Attacke wissen. Der Gute kann sich an fast nichts erinnern, aber als er wach wurde, war das Schachbrett wohl schon vorbei und die Disko wollte er sich nicht mehr geben. Er hat sich somit gute 14 Stunden ausgeruht und sich so in etwa meine Wochenration Schlaf an einem Tag reingezogen. Kein Wunder, dass er einen Zug drauf hat und das erste Effezglas leer auf den Tresen aufsetzt. Mit Kippchen im Mund ordert er nochmal drei frische Pils. Ich sehe: Jetzt ist Championsleague-Übertragung angebrochen. Kein Zuschauer der Welt interessiert die Vorgeschichte, also muss ich mitpunkten oder eine gute Ausrede parat haben. Gunnar ist da eh in nichts aufzubieten. Der würde zur Not an den Barhocker gelehnt einschlafen und wohl nur durch sein lautes Schnarchen auffallen. Das zweite Effez bringt dann die Geschichten des Roten-Bullen-Abends nochmal nach oben. Ich frage, ob denn jemand unsere beiden mitreisenden Damen aus Frankfurt schon gesehen habe? Nein, die seien wohl noch verschollen. Auch gut so, hier verspürt niemand Lust, dass wir morgens an das Nachmittagsprogramm anknüpfen. Meine Badehose hat den Pool noch nicht wirklich gesehen und die Sonnencreme steht ungeöffnet im Zimmer, weil die erste halbe Stunde ... Ihr wisst, was ich meine. Aus der ersten halben Stunde sind dann auch wieder drei halbe Stunden geworden, bis mich die Kommunionsblase mal zum Wasser abschlagen zwingt. Ich verlagere das alles Richtung Zimmer, um danach auch mal mit Handtuch und Sonnencreme ausgestattet zum Essen und dann an den Strand zu kommen. Gunnar hat seine neu erworbene 4-Megapixel-Digicam dabei, denn während in Villariba noch das alte Objektiv klickt, knipst Villabajo im Dauerfeuer und mit bestem Zoom auch aus 150 Metern Entfernung an Gottes sehenswürdige Geschöpfe heran. Das soll nachher ausprobiert werden. Mit der Frage, ob ich nach dem Urlaub mir auch so ein Teil holen werde. Schon praktisch, wenn nicht jedes Bild gelingt und gleich in den Ausguss wandert. Man muss nur vorsichtig sein, dass man die

Bilder, die nicht für zuhause gedacht sind, auch löscht. Das sollte ich zumindest Gunnar sagen, der ansonsten bestimmt ein Gespräch zuhause bekommen würde, wobei ich als Notnagel herhalten müsste, dass ich in einem ihm unbewussten Moment die Bilder gemacht habe.

Mit dem guten Willen, einem überflüssigen Buch und den nötigen Strandutensilien laufe ich vom Zimmer des ersten Jahres, welches unrenoviert und ohne Fernseher ist, an den Strand. Was will man auch auf dem Zimmer, wenn nicht mal das Pärchen unter einem aktiv ist? Auf der Höhe des zweiten Blocks sehe ich Gunnar vor mir laufen. Der kriegt das Lachen nicht aus dem Gesicht, haben wir doch in kürzester Zeit wieder Riesenspaß gehabt und ich mich als idealer Mitfahrer bewiesen. Was Gunnar komischerweise von Anfang an klar war, dass ich hier Sachen sehen könnte – nun ja –, für die ich vielleicht auch noch ein paar Jahre hätte warten sollen.

Auf der Wiese belegen wir in zweiter Reihe drei Liegen. Michi wird sicherlich gleich auftauchen und dann können wir zu dritt in der Marina ein paar Pommes und Burger essen. Wir liegen in Sichtweite zum Marina-Restaurant und sehen, wie uns jemand zuwinkt. Es sind die beiden Frankfurterinnen – auch klassische Nachtschattengewächse –, die mittags schon sonnengeschützt im Restaurant sitzen, und ich bilde mir ein, einen Flaschenkühler erkennen zu können, in dem bestimmt keine Wasserflasche steckt. Gunnar und ich gehen also in Richtung der Damen und Michi wird einfach nachgeholt beziehungsweise er weiß, wo er uns finden wird. Die beiden Frankfurterinnen, ich habe mir ihre Namen nicht merken können und ich will nun auch nicht mehr fragen, bieten uns gleich ein paar freie Plätze an. Und wie es so will, erfahre ich ganz nebenbei, dass Conny und Gaby – so heißen sie – wohl auch gut abgestürzt sind. Die beiden teilen sich ein Zimmer und Conny meinte nur, dass Gaby unbedingt noch eine rauchen wollte, und in der Zwischenzeit, als Conny im Bad war, sei Gaby wohl mit der Kippe im Mund auf dem Bett eingeschlafen. Gerade noch rechtzeitig kam Conny zurück, die Zigarette war schon aufs Bett gefallen und hatte schmurgelnd angefangen, einen Brandfleck ins Bett zu schmoren. Ich würde sagen, dass ca. 15 Sekunden später wohl das Bett in Flammen gestanden hätte und die Damen enormen Dusel gehabt haben. Auch die vollbetankte Conny, die in einem der wohl wichtigsten Momente ihres Lebens einen kühlen und klaren Kopf behielt und ihre Bettdecke zum Löschen nahm. Heidanei, unvorstellbar, wenn die Nummer schiefgegangen wäre. Michi, Gunnar und ich oben im Flieger, wenn überhaupt anwesend wegen Festnahme, da Verdacht der Verführung zum besinnungslosen Besäufnis durch minderwertige Alkoholika in besonders schwerem Fall, unten, im Frachtraum, zwei Zinksärge mit den Überresten und Kippenstummeln von Conny und Gaby. Unser nächstes Mal im Club wäre zur Ortsbesichtigung mit dem zuständigen Richter gewesen. Schwer anzuzweifeln, ob Arek uns ein frisches Effez hätte zapfen dürfen.

Jedenfalls lief alles noch einmal gut und auch Michi ist in der Zwischenzeit schlurfend auf seinen ausgeleierten Badeschlappen eingetroffen. Sekunden später kreist die

Flasche Roséwein am Tisch, als wäre in den letzten 24 Stunden nichts passiert. Wohlwissend, dass der Trinkspruch auf den Papst vielleicht doch die schützende Hand über Conny und Gaby gehalten hat – und mir einen schönen Abend nahe des Fitnessstudios beschert hat.

Die beiden Damen kommen jedenfalls schon öfter hierher. Früher waren ihre Männer alleine gefahren, erzählt Conny, dann haben sich die Damen verabredet und die gleichen Rechte geltend gemacht. Das nennt man dann wohl Emanzipation. Wohlgemerkt zahlen das auch die Männer – der Urlaub ist also doppelt so teuer geworden, wenn man auf Auslauf ohne Anhang aus ist. Aber einmal hier, kommt man so schnell nicht mehr aus dem Rhythmus raus. Teils seien sie zwei Mal im Jahr hier, einmal im Mai/Juni, dann noch einmal zum verlängerten Wochenende im September. Je nachdem, wie das eben mit dem Oktoberfest in München auch hinhauen würde. Aha, die sind also auch viel unterwegs. Was soll ich als nahezu unbedarfter Mittzwanziger denken? Ist man in 15 Jahren nur noch Streuner und partysüchtig, wenn man das hier mal gesehen hat? Die T-Shirts, die es jedenfalls in späteren Jahren geben wird und auf denen steht, dass der Club stark abhängig macht, könnten natürlich auch als Ausrede des Reiseveranstalters genommen werden, denn so wisse man, auf was man sich einlässt. Risiken und Nebenwirkungen auf die freundliche Formulierungsart ausgeschlossen. Geschicktes Marketing!

Die Damen erzählen von den Highlights, gerade auch weil sie dieses Jahr ein Zimmer haben und die beiden Fitnesshühner im Zimmer nebenan einen wohl anderen Tagesablauf bevorzugen. Da klappert morgens um 6.30 Uhr die Tür und die Damen gehen wohl zum Pilates-Sonnengruß, während Conny und Gaby noch pennen wollen, weil sie erst um drei Uhr von wo auch immer – bis auf gestern – heimgekommen sind. Insofern war Conny seit ein paar Tagen angesäuert und meinte nur zu Gaby, dass man da mal was tun müsse. Jedenfalls etwas, um sich besser zu fühlen. Die Idee war umwerfend – die Fitnesshühner gehen immer früh zum Abendessen, also um den Dreh, wenn Conny und Gaby vom bommeln kommen. Conny kam auf den Geistesblitz, ihr Geschäftchen in den Zahnputzbecher zu machen und diesen dann vor der Tür unter der Ritze auszugießen – direkt ins Zimmer der Yoghuretten. Bis die heimkommen, ist das so weit getrocknet, aber der Duft des getrockneten Urins scheint sich wohl noch zu halten, gerade auch weil der Zimmereingang geschützt am Ende des Ganges liegt. Es hätte theoretisch auch eine der vielen Clubkatzen sein können, nur in diesem Fall hatte die Clubkatze nur zwei Beine und war auch nicht zum Schmusen aufgelegt. Man sei also daher vorsichtig, wenn es vor der Zimmertüre komisch riecht oder noch leicht feucht ist, gerade auch wenn es nicht geregnet hat oder der Eingang sehr geschützt liegt.

Auch im Urlaub wird hier der Kleinkrieg ausgelebt, wenn auch mit fragwürdigen Methoden. Ich würde den Fernseher beim Zum-Essen-Gehen einfach volle Kanne Anschlag Lautstärke laufen lassen – nur gab es bei mir keinen. Hatte ich doch noch eines der unrenovierten Zimmer und erst im

Folgejahr sollte sich der Genuss des neuen Fernsehers auch bei mir einfinden. Trotz des nicht existenten Luxus, viel zu lauter Klimaanlage und abgelebtem Bad – es ist und bleibt das beste Jahr.

Natürlich haben wir noch viel in diesem Jahr erlebt, aber mein Clubleben-Einstieg war großartig. Abends immer Party, Essen durchgehend lecker, wenn man dazu überhaupt aufnahmebereit oder mal nicht zu spät war. Großteils nette Leute, wohl auch noch bisschen börsenlastig, aber das war wohl trendy damals. Mit der Zeit verschwanden davon viele, die Branche entwickelte sich vom Millionär zum Tellerwäscher, aber hingegen wurde der Club in immer mehr Lifestyle-Magazinen als Partylocation vermarket, was kurzum zum Anstieg der Frauenquote führte. Von der Anfang-40erin mit Hoffnung auf den zweiten Frühling oder einfach nur mal zum Spaß. Die jungen Arzthelferinnen, die endlich vom Herrn Doktor in Person untersucht werden wollten, oder auch viele Damencliquen, die es einmal mehr krachen lassen wollen. Jedenfalls war das erste Jahr auch das erste mit der Erfahrung, die man bei der Wiederkehr in den Alltag macht: Am liebsten hätte ich bei Landung und Rückkehr ein Bier aus dem Kühlschrank geholt und direkt weggezischt. Ich habe es nicht gemacht, aber der kalte Entzug über Nacht ist mit den Jahren geblieben. Mit all seinen Nebeneffekten wie den verschwitzten Bettlaken und unruhigem Hin- und Herwälzen. Klar, man würde gerne einen Drink haben und man hat ein permanentes Unruhegefühl. Man will tanzen, schlafen, lachen, feiern trotz stehenden K.O.'s und pennt noch schlechter als dort – trotz Raumtemperatur. Die Nachwehen dauern maximal zwei Tage, dann sollte man Plan B ins Auge fassen, den Kalender durchblättern und schnellstmöglich einen Urlaubsplan für den Clubaufenthalt im nächsten Jahr erstellen.

Kapitel 7

Rabenvoll durch die Nacht (B-Version Helene F.)

Als hätte Helene das Lied für mich geschrieben, stolpere ich doch recht angeheitert durch den Club. Den Song auf den Lippen – manchmal merkt man erst, wie voll man ist, wenn es dann doch schon zu spät ist. Wenn man einfachste Handgriffe falsch ausführt, Zigaretten falsch herum anzündet, sich beim Pinkeln festhalten muss oder vorher die Knopfleiste der Jeans in mühevoller Kleinarbeit aufarbeiten muss, weil die Knöpfe nach dem Abendessen gefühlt größer oder die Löcher kleiner geworden sind. Egal, welche Taktik mal fährt, immer sind die anderen Gäste dann noch besonnen. Jedenfalls denkt man das, bis auf die eine Suffleiche im Stagebereich hab ich noch keinen Ausfall gesehen. Wobei der Stage-Freund in den Kissen lag und das Glas noch in der Hand hielt, wohlgemerkt halbvoll. Bloß nichts verschütten, man könnte ja aufwachen und Durst haben. Fast wäre es egal gewesen, ob der Flieger Mallorca oder Antalya angesteuert hätte, denn das Niveau liegt ungefähr auf gleichem Level. Allerdings sind die Leute hier wesentlich besser gekleidet und laufen weder mit Strohhut noch Tröte oder dämlichem Bauchladen rum. Und der Flyerverteiler am Strand ist auch unbekannt, weil man hier keine 15 Euro zahlen muss, um die ultimativste geilste All-in-

Party feiern zu können. Tünek, der Clubchef, hat es irgendwie geschafft, das Paket aus Mallorca, Willingen, Soest, Ischgl und einem Schuss Schützenfest ideal zu mixen und mit ein bisschen Schi-Schi und Feuerwerk einen würdigen Rahmen zu verpassen. Was man leider auch am Preis merkt, aber Angebot und Nachfrage halten sich hier die Waage, man meckert jedes Jahr, dass der Reiseveranstalter den Goldesel weiter melken will und dementsprechend teurer wird, aber letztendlich gibt es keine echte Alternative zu hier. (Lieber Veranstalter: Den Reisegutschein bitte wie immer an den Verlag senden, die Getränkebons nehme ich bei Tünek vor Ort in Empfang – danke!) Alternativ: Der Club auf Fuerteventura: Vom Publikum aber doch etwas älter. Der andere Möchtegern-Partyclub in der Türkei ist nur ein Abklatsch. Also nur hier im Schammie ist das Original.

Summend laufe ich die Straße der Wahrheit heim. Letzte Klänge des Nietenclubs im Ohr und treffe das Pärchen vom Tisch von gestern. Sie ist deutlich alkoholisiert und bereit, mit den doch recht hochhackigen Schuhen eine kleine Showeinlage auf der Straße der Wahrheit an der steinernen Sitzgruppe kurz vor dem ersten Zimmerblock einzulegen. Er, nun ja, etwas bemüht, die Lage im Griff zu behalten, um nicht als Spießer zu wirken und nachher die Situation ordentlich ausnutzen zu können. Schon klar, was da in nahen 15 Minuten passieren wird, wenn jetzt kein Blattschuss erfolgt. „Huhu, Thomas!" … Oje, die ist ja wesentlich strammer als ich. Große, erwartungsvolle Augen strahlen mich an, dann ein unverständlicher Satz, irgendwas mit „Gut gefeiert und so viiiiel Spaß gehabt“. Ja ja, denke ich mir. Ich nämlich gehe jetzt ins Bett und verabschiede mich eilig mit „Euch eine gute Nacht“. Aber bevor ich losziehen darf, soll ich noch ein Bild machen und ja auch er, ihr Spießerfreund, dürfe mit drauf, obwohl so langweilig, aber für zuhause und sie wäre ja noch soo gerne geblieben, bei den anderen echten Typen, die nicht immer so früh Stopp rufen und zur Vorsicht mahnen. Au weia, da muss ich jetzt verhindern, dass noch Öl ins Feuer kommt, damit der arme Kerl den Abend noch gut ausklingen lassen darf. Klingt eher nach heimbringen und dass Madame dann ohne Zähne putzen einratzt und erst am nächsten Morgen mit Monsterbirne wieder aufwachen wird. Ich mache schnell zwei Bilder, aber ob die etwas geworden sind, kann gerade sowieso niemand mehr beurteilen, und dann mache ich mich hastig in mein mir nahes Zimmer auf. Leichter Ausfallschritt, etwas unkoordinierte Oberkörperhaltung, aber astreine Kommunikation und keine Watte im Mund! Morgen stimmt auch der Rest wieder, denn es geht ja mal wieder zum Spinning und dann ist die schon lange herbeigesehnte Beachparty. Vom Hörensagen soll die Party mit das Beste dort sein. Riesenschaumbad und Sause de luxe. Vorfreude kann so schön sein, dass ich zufrieden ins Bett falle, um erst in drei Stunden den Granuspatz-Mangel mit einem Klogang wettmachen zu müssen.

Mein x-ter Aufenthalt. Irgendwas zwischen 15 und 20 Mal bin ich nun hier gewesen und wieder jede Menge Spaß. Das diesjährige Team um Freddi und Terri und Stefan, die ja wiederum Freunde dabeihaben, ist echt klasse. So viel Spaß einmal im Jahr in geballter Form ist mehr als selten – vielleicht aber nervt auch deshalb keiner den anderen, weil man auch wieder 52 Wochen Ruhe hat bis zum nächsten Rote-Khmer-Atomangriff auf die Lachmuskulatur.

Am Tag der Schaumparty wache ich schon früh auf. Klar, wie immer geht es zum Sport. Ich bin stolz auf mich, denn es ist das dritte Mal in Folge. Ich klopfe mir mit stolzer Brust selbst auf die Schultern. Den Mittag werde ich heute etwas langsamer angehen. Mal schauen, wann die Party losgeht – im täglichen Club-Heft steht etwas von 17 Uhr, also Primetime im Sonnenschein. Das klingt schwer nach verbranntem Pelz und großer Gefahr für einen ausgewachsenen Sonnenstich. Auf jeden Fall sammele ich heute die Leute mal ein. Freddi will nicht, der hat Probleme mit dem Schaum und meint, das würde ihm alles in die Augen kommen, und pienzt etwas rum, aber vielleicht belehren wir ihn später eines Besseren. Nach dem Essen lege ich mich mit Steve und Terri erstmal in den Poolbereich ins Sprudelbad. Erstmal wegen des Abstands zur Riesengrille mit dem Mörderton und zweitens schön mit einem Pappbecher mit Sekt auf Eis – das wohl einzig wahre umdrehungshaltige Getränk, das man in der prallen Hitze trinken kann, ohne gleich vornüber zu kippen. Kaffee mit Likör, Schnellfitwodka, Raki – alles Krams für später. Hier liegen wir entspannt im Blubberbad und lassen die Sonne auf unsere mehr oder weniger noch mehligen Winterkörper scheinen. Danach lege ich mich auf die Holzliege am Pool. Hier ist irgendwie weniger los als unten am Strand-Catwalk – wohl auch, weil es wirklich nicht viel zu sehen gibt. Weiter hinten liegt der Peter-Lustig-Sonnenbrillenträger, der auch nicht die Regendusche gefunden hat, daneben ein paar Leute, mit denen er wohl seit Jahren anreist. Man munkelt, es gäbe auf einem Internet-Film-Kanal einen selbstgedrehten Fun Film, in dem sie durch den Club tanzen und allerlei Schabernack anstellen. Ich habe bisher nichts entdeckt, aber auch nicht wirklich danach gesucht. Das werde ich dann zuhause nachbearbeiten. Neben uns liegt eine Schweizer Familie. Jedenfalls reden sie so undeutlich, dass es Schweizer sein könnten. Deutschklingende Worte, zischende R-Laute und Erinnerung an eine Kräuterbonbonwerbung schieben sie in meine Denkschublade. Weiter hinten sehe ich zwei Cougars, die wohl noch Ruhe vor dem Sturm tanken – abends sehen sie dann wesentlich galanter aus. Vom Pool geht wenig Gefahr aus, denn noch haben sie sich nicht in das flauschig-seidene Abendfell geworfen und die Krallen sind noch nicht kampfbemalt.

Solange man hier nicht rumgrölt, ist der Hauptpool kein Thema. Da lässt jeder jeden leben, auch wenn der Pappbecher im Sprudelbecken nicht gerne gesehen wird. Für das nächste Jahr wünschen wir uns alle einstimmig eine Poolbar. Wohlwissend, dass diese in anderen Hotelanlagen existiert und dann die Gäste von früh bis spät dort sitzen und Bier und Cocktails trinken – und das ohne einmal aufstehen zu müssen. Vielleicht schreckt man deswegen davor zurück und auch ich würde das argwöhnisch betrachten, wenn das

Wasser warm und verfärbt wie im Kinderpool des heimischen Strandbades aussieht.

Nach einem schönen, wohltuenden Stundenschlaf auf der Liege weckt mich Terri. Es ist mittlerweile kurz nach 16 Uhr und ich will mich noch eincremen. Sicher ist sicher, bevor es zur Beachparty geht. An der Hauptbar genehmigen wir uns noch ein Effez aus dem Glas. Nachher wird es bei Pappbechern bleiben, aber eben auch die einzige Möglichkeit, sich nicht gleich den ganzen Fuß im Schaumbad aufzuschneiden. Mit Startschuss Punkt 17 Uhr laufen wir an der Marina auf dem Stranddeck ein und erste kleine Blubberblasen fliegen uns schon entgegen. Auf den extra aufgebauten Podesten tanzen angeheuerte Einheiz-Mädels und noch ist außer guter Musik und ein paar Leuten wenig los. Ich ziehe uns ein paar Pappbecher Effez an der Selbstbedienungsstation und wir beschlagnahmen einen Tisch, auf dem noch keine Bezahlflasche zwecks Reservierung steht. Langsam kommt die Schaumkanone in Gang und füllt in Kürze den Boden knöchelhoch. Ein paar Momente später ist es schon bis zu den Knien mit Schaum befüllt und wir tanzen eine Runde auf den weißen, kaum mehr sichtbaren Bohlen. Immer mehr Clubgäste strömen herein in die Partyzone und im Handumdrehen ist die Tanzfläche voll und der Schaum steigt unaufhörlich. Bei einer Körpergröße von 1,90 Metern ist das schon eine gute Sache. Die kleineren Damen schluckt der Schaum im Handumdrehen. Die Kanone weht ihren Schaum in unsere Richtung und ich bin in Sekundenschnelle von oben bis unten bedeckt, sehe kurzfristig nichts, atme den Schaum durch Mund und Nase ein und muss fürchterlich husten. Den Schaum erst einmal aus den Augen wischen. Der brennt recht ordentlich. Am besten mit dem T-Shirt rausrubbeln, denn man steht eh nur noch in Badehose da. Die Flip-Flops und T-Shirt über den Stuhl, Zigaretten und Effez-Pappbecher in Sicherheit, denn nun kommt von überall Schaum und bedeckt nach und nach alles bis zur Bar. Hier ist richtig fett-gute Laune, Grüppchen wälzen sich im Schaum, man sieht kaum etwas, Leute wuscheln ohne jegliche Berührungsangst in meinem Wildwuchs-Bart. Komplimente wie „Geiler look“ und „Hätte ich auch gerne“ hört man gerne. Hier ist die Stimmung easy und endlich lassen sich die Leute mal richtig gehen. Ich werde mit Wasser überschüttet, um den Schaum aus den Augen zu bekommen, aber Sekunden später ist wieder alles bedeckt, daher gehe ich etwas an den Rand und treffe plötzlich und unerwartet meinen lieben Freund Freddi, der auch entgegen der Ansage heute Morgen komplett eingeseift lachend vor mir steht. Mit zwei seiner Freundinnen im Arm und dann bin auch ich in Sekunden wieder mittendrin. Einer von Freddis Freunden knipst Bilder und ich bin sicher, dass diese Pics nicht zuhause gezeigt werden sollten, weil sie einfach einen komplett falschen Eindruck hinterlassen und zumindest eine teure Bestellung bei irgendwelchen Onlineshops zur Beruhigung meiner Mitbewohnerin mit sich ziehen würden. Der Antrieb aus Schaumparty, coolen partywütigen Leuten, richtig guter Musik, Effez und einem Tick zu viel Sonne aufs Hirn lässt mich immer wieder hin und her springen. Kaum ist der Schaum runter, geht es schon wieder rein. Die Kanone voll auf mich gerichtet, bin ich in kürzester Zeit wieder mit einem Riesenschaumhut auf dem Kopf unterwegs. Eine Monsterstimmung und irre Party, alle lachen, wenn man sich gegenseitig betrachtet. Ein Festival der guten Laune, welches aber auch nach 90 Minuten beendet ist. Dann geht es zum finalen Auswaschen kopfüber ins Meer über die fiesen Kieselsteine und ich ahne, dass wird dann auch mit das einzige Mal sein – abgesehen vom An- und Ablegen des Katamarans –, dass ich im Meer gewesen bin. Dieses Jahr war es eben poollastiger, und grob streng betrachtet immer noch sehr barlastig.

Wir ziehen noch zur Hauptbar, aber da ist nichts los. Fast alle waren bei der Beachparty und Bommel fand wohl mit nur zwei Mitspielern statt. Auch egal, denn heute war der Spaß woanders und es wird Zeit, den Seifenkram nochmal ordentlich runterzuspülen, denn die Haut ist immer noch schmierig und glitschig. Im Zimmer unter der neuen Regendusche quillt das ganze Zeugs noch gefühlt literweise aus meinen doch etwas längeren Haaren, somit habe ich nochmal meine private Schaumparty in der eigenen Dusche und nach drei Duschgängen mit viel Shampoo sind auch Haar und Haut wieder okay. So kann man dann abends zum Essen gehen, ohne wie ein Seuchenvogel auszusehen.

Wir sind recht spät dran und haben nur einen Tisch bei einem türkischen Pärchen bekommen – die habe ich tagsüber noch nie gesehen. Also wenn die hier Urlaub machen, kriegen die von deutschsprachigem Publikum keinen guten Eindruck. Zudem habe ich heute zur Überraschung der anderen meinen

Würfel der Wahrheit dabei, der zum falschen Eindruck erzeugen der ideale Begleiter ist. Jede auftretende Frage am Tisch wird also mit dem Würfel beantwortet, der statt Zahlen ein klassisches „Ja“ und „Nein“ sowie „Unbedingt“, „Vielleicht“, „Unklar“ und „Später“ zu bieten hat. Altbekannte Fragestellung ist immer: „Wird dieser Abend ein denkwürdiger?“ – Meist vom magischen Würfel beantwortet mit „Später“ oder mit „Unklar“ oder „Unbedingt“. Ein Nein kann man so nicht akzeptieren. Also wird im worst case die Frage so lange umformuliert, bis auch der Würfel zufriedenstellend antwortet. Nach Fragestellungen, ob Terri heute noch knutschen wird oder ob sie sogar einen Animateur kennen und „lieben“ lernen wird oder ob Steve heute endlich bei der Blonden zum Zug kommen wird, die heute Mittag am Tisch mit uns stand, ist den bei uns sitzenden Türken der Spaß an uns schon vergangen. Obwohl die Fragen noch die harmloseren Einstiegsfragen waren. Nach einem schnell besorgten Nachtisch verabschieden sich die beiden höflich, aber bewusst mit einem „Good night“ und verschwinden in der Dunkelheit des Clubs. Wir bekommen Unterstützung vom Nachbartisch und der Würfel wird nun im Sekundentakt befragt und verspricht uns wohl mal wieder den allerbesten Abend ever. Steve holt dank positiver Antworten freiwillig Raki und Espresso. Der Roséwein ist nach ein paar Tagen kaum noch zu genießen, doch der Weißwein dagegen wird besser. Der Rotwein war von Anfang an ein Horror. Da würde ich mich als Winzer nicht mit rühmen wollen und nie den eigenen Namen draufpappen, wobei, wer würde einen „Thomas Müller Chateau Thurgau“

erwerben wollen? Hier gibt es den Altintepe vom Fass, charmant auch Chateau Migrän genannt. Jedenfalls ist der Wein vom Genießerbuffet auch nicht um Welten besser. Meine Begrüßungsflasche war schon am ersten Abend mit am Tisch, sicher ist sicher, bevor mir die wieder abhandenkommen sollte. Aber das ist eine andere Geschichte vom Vorjahr und gehört zu den Top-3-Storys, die ich jemals erlebt habe.

Wir spielen mit dem Würfel oder er mit uns, und je später die Stunde, desto mehr komische Fragen muss er beantworten. Jedenfalls geht es um viel Gesprächs- oder Klärungsbedarf im zwischenmenschlichen Bereich und was heute noch alles passieren wird. Von meinen verlorenen Zimmerschlüsseln, Zimmerkarten, Schlüsselbändern et cetera hat der Würfel mich jedenfalls nie im Vorfeld gewarnt. Letzten Endes hab ich ihn aber auch nicht danach gefragt. Das meiste ist wieder aufgetaucht und der Rest war Kollateralschaden. Wenn Mensch und Material in die Schachbrett- und Nietenclub-Schlacht ziehen, kommt nicht immer alles heil nach Hause.

So wie eben auch an diesem Abend. Im Überschwang der Beachparty und diverser Kaltgetränke an der Bar gibt es dann wieder Musik am Schachbrett. Vielleicht waren Sonne und Drinks genug, aber ich muss noch unbedingt eine Runde tanzen. Zwei nette Damen, die ich wohl vorher noch nie wahrgenommen haben muss, schließen mich in ihre Mitte und dann kommen aber wirklich nur noch gute Lieder. Eins nach dem anderen und nach gefühlt ewiger Zeit bin ich dann raus an die Bar und hab ein Effez gezogen. Im Überschwang bin ich dann gleich wieder zum Tanzen zurück. Zurück in die Ecke, um bei den Damen am Ball zu bleiben, doch die zwei Damen waren nicht am Platz. Na ja, egal, ich kann das ja auch alleine tanzen, und dann passiert es. Denn ich habe irgendwie und möglicherweise aufgrund meines hohen Standgases mein Gleichgewicht verloren und bin mit den Händen auf dem Rücken tanzend nach vorne mit der Nase zuerst auf dem Schachbrett aufgeschlagen. Sicherlich ein Bild für die Götter, wenn ein riesiger, bärtiger angetankter Vollprofi ungebremst auf die Fliesen donnert. Zuerst für mich nicht so wild, aber altbekannt, denn wenn die Nase zuerst aufschlägt, dann dauert es genau drei Sekunden bis die Blutsuppe läuft. Und so kam es dann auch. Schnell umgeschaut, gequält lächelnd aufgerappelt und schon die Hand davor halten müssen, denn wie aus einer frisch gestochenen Ölquelle läuft das rote Gold aus der Nase. Just in diesem Moment kommen die zwei Damen und sind total erschrocken. Und was soll ich sagen? „Kinder, ja hallo, nee, ich bin im Suff gefallen.“ Klares Nein. „Also, da hat mich jemand geschubst, der war wohl sauer, dass ich mit euch getanzt habe.“ Bling bling bling bling – mindestens vier Mitleidspunkte.

Sofort rennt die eine der beiden Richtung Damentoilette und holt einen dicken Stapel Papiertücher. Wie nett. Da habe ich gerade den dicksten Stein des Clubs im Brett. Glücklicherweise haben nicht viele den Knockout mitbekommen und dank dem perfekten Timing kommen die zwei Grazien von der Toilette. Eine 1a-Story, die nicht im

Geringsten wackelt. Okay, es tut etwas weh, die Nase fühlt sich taub an, aber verständlich, wenn da mal kurz 80 Kilo abgebremst werden wollen. Das nehme ich dann auch mal gerne in Kauf. Nur das Bluten müsste schnell aufhören, sonst wird da später keine Frucht vom Baum fallen. Das ist einfach unsexy. Ich sage, dass ich nicht weit von hier wohne und mich wohl erstmal hinlegen muss, damit die Nase sich beruhigt. Aufgrund meiner doch desolaten Situation kommen die beiden in ihrer Samariter-Art erstmal mit. Sehr gut, läuft! Schwups geht meine Zimmertür auf und schon sind sie mit im Zimmer. Während ich mich auf meine Betthälfte lege, holt die andere der beiden ein nasses Handtuch und legt es in meinen Nacken. Das fühlt sich schon wesentlich besser an, aber nun wollen beide auch wieder gehen. Halt! Stopp! Ich mache es jetzt ganz plump und sage, dass das Bluten aus meiner Erfahrung nur aufhört, wenn sich jemand neben mich legt und lieb drückt. Am besten beidseitig, das würde dann doppelt so schnell helfen.

Das war dann doch etwas zu viel des Guten. Die beiden lachen und sagen nur, dass ich ein Spinner wäre. Ein lieber zwar, aber eben halt ein Spinner und dass ich in der derzeitigen Verfassung wohl eh nicht den Appetit angeregt hätte. Bingo, da war sie wieder: die Wahrheit. Trotzdem kann ich da vielleicht in den nächsten Tagen nochmal Hallo sagen. Aufgeschoben ist nicht aufgehoben.

Aber ich kann es auch gut verstehen, ich habe leicht einen im Tee und die Nase hat geblutet wie blöd. Unvorstellbar, wenn da dann mitten in der Action die Ader wieder aufplatzt und ich ein Blutbad veranstalte. Ich bleibe daher einfach liegen. Ende aus, Gurken-Klaus, den Nietenclub schenke ich mir heute und werde morgen früh nochmal zum Sport schauen. Und dann kommt auch schon das nächste Highlight: die White Night. Da hab ich noch den Gutschein in der Schublade und werde wohl mal Arek morgen dezent an der Bar nach einem kleinen Fläschchen fragen und einen schönen Tisch organisieren. Ich hätte mal wieder Lust auf einen gepflegten Marken-Gin. Besser als die Gin-Plörre, die sonst ins Glas wandert, denn irgendwann kann man den Billigsprit auch nicht mehr sehen oder schlucken. Da muss ich wohl mal mit den anderen reden, was sich so ergibt, aber White Night wird bestimmt eine gute Sache. Kurz zuckt es in mir, ob ich nicht doch noch in den Nietenclub soll. Der Blick in den Badezimmerspiegel gibt aber die finale Antwort. Völlig verwuschelt, tollster Jesus-Look und Blut an den Fingern und im Bart. Ich sehe aus, als wäre der erste Nagel von einem Stümper in mich hineingetrieben worden. Schwer zu lokalisieren, wo, aber auf jeden Fall Verletzungen verursachend. Dann geh ich mal besser ins Bett, um nicht noch später endgültig irgendwo drangenagelt zu werden. Eine ordentliche Tüte Schlaf wird gut tun und um Terri, Steve und die Fernseh-Brothers muss man sich keine Gedanken machen. Die schaffen das auch ohne mich.

Jetzt lieg ich so schön im Bett, das Licht brennt noch und der Lichtschalter ist vorne ums Eck. Aufstehen? Nöö, penn ich mal mit Licht. Immerhin hab ich Schuhe und Hose aus, alles andere kann bis in ein paar Stunden warten. Meine Augen gehen langsam zu. Letzte Eindrücke aus dem Schaumbad und zwei mir zuwinkende Samariterinnen zucken im inneren Auge vorbei und lassen mich tief und fest schlafen, bis das Wummern der Musik vom Fitnesscourt mich wieder aufweckt ... Guten Morgen, Herr Müller, beim ersten Fitnessfingerschlag des Tages ist es zehn Uhr.

Kapitel 8

Finale dahoam – Das Kettensägenmassaker

Es gibt Leute, die wollen schon seit Jahren mit mir in den Club fahren, schaffen es aber auch aus irgendwelchen Gründen nicht wirklich, ihre Partner zu überzeugen, rechtzeitig Urlaub einzutragen oder endlich über ihren Schatten zu springen, um die 1000 gehörten Geschichten doch mal selbst unter die Lupe zu nehmen. Andere hingegen sagten sofort zu und daraus wurde mit der Zeit eine Clique, die immer wieder zur selben Zeit fährt, bis dann auch Freunde der Freunde mitkamen. Bis irgendwann nicht mehr alle zur gleichen Zeit konnten und sich wieder verteilten. Die Stammbesetzung um Michi und Gunnar und deren Freunde konnte irgendwann auch nicht mehr oder hatte andere Pläne. Eher mehr sportlicher Art, was ich natürlich schade fand, aber auch als Möglichkeit sah, den Horizont zu erweitern. Nach dem dritten Mal unbedarfte Strand-Olgas mit der 4-Megapixel-Kamera ableuchten und sich darüber die Schenkel klopfen, hatte sich dies auch irgendwann mal erschöpft. Und Gaby und Conny, die irgendwann mal den Club abfackeln werden, weil sie mit der Kippe im Bett kurz vor der Alkoholvergiftung sich selbst den Darwin-Award zuteilen – nun gut, vielleicht passiert das in Frankfurt und ich bin gerade nicht in der Nähe. Manche Sachen kann man echt voraussehen, aber manchmal will man sie auch nicht wahrhaben. In meinem ersten Jahr jedenfalls habe ich enorm an Schubladendenken und Menschenkenntnis zugelegt. Beeindruckt, hin- und hergerissen, ob positiv oder negativ, hat mich immer noch der eine Gast, der immer wieder zu uns an die Bar kam und das Gespräch suchte. Wohl nicht aus reiner Freundschaft, sondern um zu checken, mit wem wir weiblicherseits zusammenstehen und was da machbar wäre. Allerdings hatte er ein strammes Schema: er ging in alle möglichen Kursangebote. Am liebsten da, wo die Frauenquote recht hoch war, und kam dann mit den Meisten auch gleich ins Gespräch. Typ zuvorkommender Gentlemen und viel Humor, denn irgendwie konnte man ihm nicht böse sein. Er war auch jeden Abend sehr gut eingespannt und hatte immer wechselnde Perlen am Start. Aber EIN, oder besser gesagt DER Chefstratege, wie es mir nach wenigen Tagen einleuchtete. Die Abreisemappen der Gäste lagen immer an der Rezeption aus und genau da verbrachte der Kollege auch einen Teil seiner Zeit nach den Kursen. Da er einerseits die Damen vom Sport kannte und zudem die Abreiselisten studierte, kombinierte er sich die letzten Abende der Damen zusammen. Nicht ungeschickt, denn am letzten Abend kann man nicht viel verlieren und behält einen recht guten Ruf. So gegen Bommelzeit und Abendessentreff startete er die Initialzündung. Kaum kam die anvisierte Zielperson um die Ecke, war er auch schon am Start. Man konnte beobachten, wie er mit zarten Händen versuchte, die jeweilige Nuss zu knacken, und – es gelang meistens – er tanzte also jeden Abend mit einer anderen und so gegen Mitternacht bot er sich zu Kofferpacken und Sonstigem an. Am nächsten Tag war sein Anhängsel schon längst auf dem

Rückweg und der Kollege beim Sport, um weiter Ausschau zu halten. Ein Vollprofi, der aber recht schnell in Verruf geriet, denn das Ding läuft im ersten Jahr, stottert aber schon im zweiten und stockt total zwischen drittem und viertem Jahr, wenn man(n) sich wieder über den Weg läuft.

Ich saß unbedarft beim Mittagessen und mit mir zwei Damen am Tisch, die sich angeregt unterhielten. Wir hatten keine Unterhaltung, aber ich konnte gezwungenermaßen zuhören, wie sie sich über das Thema Männer unterhielten. Als die eine zur anderen sagte: „Ach da drüben sitzt ja auch der Typ, der alles anbaggert, der ist auch wieder da", meinte die andere: „Du meinst die Kettensäge?" Mir war sofort alles klar. Nicht weit entfernt saß wenige Tische weiter unser Kollege. Wie immer im Fahrraddress und sich präsentierend. Aber hier am Tisch hatte die Axt im Wald, nun ja, eher die Kettensäge, wohl schon mal gewütet. Ein schöner Vergleich, alles umzunieten, was nicht bei drei auf dem trotzdem fallenden Baum sitzt – so gesehen no chance auf Entkommen. Ich weiß nicht, ob er jemals seinen Spitznamen erfahren hat, aber der ganze Club wusste damit etwas anzufangen. Jedenfalls ließ er sich auch nicht davon abhalten, weiter zu wildern, aber der Gegenwind wurde härter und ich erinnere mich an Szenen auf der Tanzfläche, an denen es zwischen Damen fast zu Handgreiflichkeiten gekommen wäre, eben auch, weil eine mal einen Tag spontan verlängerte, was unserer Kettensäge dann ordentlich den Terminplan versaute. Wir standen jedenfalls bestens amüsiert als Zaungäste dabei. Die von der Kettensäge bearbeiteten Damen waren durchweg unterschiedlich. Er hatte keine gewisse Präferenz – von der Mittdreißigerin im sportlichen Outfit über die Anfang Fünfzigerin, die leicht ergraut mit Perlenkette und stilvollem Erscheinen auftrat – er hat einfach alles abrasiert, was ihm vor die Säge kam. Ich habe ihn aber nur in den ersten Jahren dort gesehen, gefühlt im dritten Jahr war er nicht mehr da. Entweder hat er sich terminlich etwas verändert, da die Stammgäste meist zu festen Terminen fahren, oder er ist gar nicht mehr gekommen und hat in anderen Clubs sein Glück versucht.

Was bei dem einen zu viel sein mag, ist bei den anderen zu wenig – leider hat man auch immer wieder das Pech, Urlaub zu machen und Großevents stehen an, so z. B. Bundesliga letzter Spieltag, Länderspiele oder das Champions League Finale mit deutscher Beteiligung, wobei, sagen wir gleich: Es ist ja immer der FCB mit im Finale gewesen. Dann wurde immer etwas aufgebaut, um die Fußballjünger glücklich zu machen: entweder im Stagebereich Großleinwand oder Hauptbar oder in der Zwischenpassage der Geschäfte eine Miniarena.

Am denkwürdigsten blieb das „Finale dahoam“ in Erinnerung. Monatelang habe ich mir gewünscht, dass die Bayern endlich ausscheiden und ich am Endspieltag im Club einen ruhigen, normalen Abend erleben werde. Aber nachdem der gute Ulli sein Team schon 2010 nach Entscheid des Endspielortes München auf den Tag eingepeitscht hatte, ahnte ich schon, dass ich kein Glück haben würde. Nichts ist schlimmer als so ein Event. Sowas sprengt den kompletten Abend, denn fast alle Typen hängen vor der Glotze. Es kommt einfach keine Stimmung auf und eigentlich kann man den Abend komplett knicken. Im Fall des Sieges der Superbayern hätte ich mich sowieso nicht mitfreuen können. Leider kamen die Bayern aber in ihr „Finale dahoam“. Das wurde in der Presse schon monatelang breitgetreten, kam mir schon zu den Ohren raus und ich wünschte mir nur noch eins: Dass es im Finale richtig weh tun und dieses Bayerngesülze aufhören würde. Gäbe es einen Fußballgott, er hätte sich auch Ohropax besorgt, um das Geschmarre nicht mehr hören zu müssen.

Schon Tage vorher liefen erste Sepplhüte durch den Club. Unglaublich, wer alles Fan von dieser Truppe war, aus einem Partyclub mit lockeren und lustigen Menschen wurde ein kleines Stadion und nur der Geruch von abgestandenem Bier und Bratwurst fehlte in der Nase. Ich glaube, meine Antipathie hält sich in Grenzen, solange ich nicht dauerbelästigt werde mit Diskussionen, die nur einseitig geführt werden. Nach gefühlt fünf ungewollten Tischgesprächen stand eh fest, dass es nur einen Sieger geben werde. Ich war gespannt und mangels Alternativen war auch ich an diesem Abend an der Hauptbar und verfolgte das Spiel teilweise am kleinen Screen an der Treppe zum DJ mit. Stage wollte ich mir nicht geben – zu viele Filzhüte, da hätte ich nie falsch jubeln dürfen.

Also stand ich irgendwo zwischen kleinem Fernseher und Bar, hin und herwechselnd, etwas langweilig, da keine Musik und überall kleine Grüppchen, die nicht so recht ins Bild eines Partyclubs passen wollten. Aber nun war eben das „Finale dahoam“, welches wir in der Ferne übertragen bekamen. Kurz vor Schluss schoss dann tatsächlich der FCB sein Tor – welch Ironie, durch mich, Thomas Müller. Ich dachte an den berüchtigten Dusel, den sie ja immer wieder hatten, und hatte es fast aufgegeben, bestellte schon ein Trosteffez und war schon fast im Aufbruch Richtung Bett, als Gegner Chelsea London zwei Minuten vor Schluss doch noch ausgleichen konnte. Die mittlerweile teils ermüdeten Bayern mussten also in die Verlängerung. Nochmal 30 Minuten Krampf und worst case Elfmeterschießen – aber immerhin, noch war nichts verloren für mich! Darauf einen Fernett Branco vorab und eben auch nichts gewonnen für die Seppls. Gleich zu Beginn der Verlängerung gab es Elfmeter für den FCB, klar musste ja so kommen, aber Robben trat an. Einer, der Gefahr läuft, in seinen sehr eng wirkenden Trikots vor Ehrgeiz zu platzen.

Aber zurück zum Spiel, ich wünsche mir kaum mehr, als dass der Narzisst seinen Elfer verschießt. Er läuft an, ich schließe die Augen – und er vergibt! Ich kann mich kaum halten vor Freude, kniee am Boden mit geballten Fäusten, habe tiefste Freude und ernte selbstredend einige grimmige Blicke von den Nachbartischen. In diesem Urlaub – er dauert noch ein paar Tage – wird es wohl schwer, noch vernünftige Tischgespräche zu finden.

Am Ende läuft das Spiel zum Elfmeterschießen hin und das Ergebnis kennen wir alle: Nach einem Vorsprung der Bayern durch den ersten verschossenen Elfer auf der englischen Seite haben die Bayern am Ende doch noch verloren, weil

Olic und Superschweini vergeben haben – schicksalhaft auf der Zielgeraden im letzten Moment abgefangen. Es gibt kaum schmerzhaftere Momente im Sport als diese – aber sie hätten sich den ganzen Trubel ersparen können, wenn sie vorher schon ausgeschieden wären und mir nicht den Urlaubsabend vermiest hätten. Meinen Würfel habe ich erst ein Jahr später mitgenommen, aber die Antwort auf die Frage „Wird dieser Abend für mich noch gerettet?" wäre ein klares „Später" gewesen.

Im Anschluss an das Spiel habe ich selten so viele enttäuschte Gesichter gesehen, eingeknickte Filzhüte, die sich den Frust mit Effez wegspülten, ich hingegen wurde mit späterer Stunde immer besser gelaunt und freute mich einfach für Chelsea und ihren Milliardär – allen Unkenrufen zum Trotz haben die die Kiste aus München dann doch noch entführt. Klar waren einige sauer, aber das Niveau war recht hoch und es gab keinerlei Ärger – wobei ich mich nicht hätte wundern müssen, aber der ein oder andere kannte mich und vielleicht rettet mich auch in mancher Situation im Nietenclub einfach der Name. Der Thomas Müller, der das schwarze Schaf war, der konnte das doch nicht ernst gemeint haben.

Jedenfalls vermeide ich seitdem, zu jeglichen Finalspielen oder zur EM/WM im Club zu sein. Da kann man denn auch getrost an den heimischen Badesee fahren, denn die Männerquote liegt hier viel zu hoch.

Allerdings wurde ich an diesem Abend noch viel positiver überrascht als gedacht, denn nach ein paar Drinks und Party in der Disko bin ich gegen drei Uhr morgens heimgewackelt. Die ganze Bayern-Fantruppe war entweder noch frustig an der Diskobar oder schon im Zimmer, den Rausch ausschlafen. Also bin ich alleine über die Rezeption zur Hauptbar Richtung ersten Block, als mir eine junge Dame entgegenkam, die wohl frisch angereist sein musste – und das um diese Zeit? Es stellte sich heraus, dass Cordula – so altmodisch, wie ihr Name klingt, sah die gar nicht aus – gerade aus Berlin angekommen war. Mit irgendwelcher ewiger Verspätung gelandet und nach noch ewigerem Transfer dann um zwei Uhr nachts in den Club gespült wurde und nun auf der Suche nach einer Flasche Wasser war. Da konnte ich direkt helfen und irgendwie war auch gleich Sympathie da und sie erzählte, dass sie das erste Mal hier sei. Mutig genug, beseelt von Effez und Fernett Branco fragte ich, ob wir nicht noch den ersten Tag ideal beginnen wollten und auf die Badeinsel rüberschwimmen sollten? Die wäre nachts recht schön und heute wegen dem verpassten Bayernsieg, ach, sagen wir lieber „Fiasko dahoam“, auch bestimmt nicht frequentiert. Also Chance auf ein wenig Zweisamkeit könnte recht groß sein. Cordula grinste mich an und war sofort Feuer und Flamme, abends noch was zu erleben. Hui, Volltreffer, das versprach noch eine gute Portion Spaß heute. Also sind wir runter zum Strand, Klamotten raus und nackt ins Wasser und rüber zur Bohrinsel – so heißt die Insel im Club, da dort nachts nicht nur nach Öl gebohrt wird. Die hellblaue Plastikinsel, die aus mehreren aneinandergereihten Plastikpylonen besteht, ist sicherlich von jedem Clubgast schon mal besucht worden und teils ist die Quote Nacht zu

Tag recht ausgeglichen. Man muss nur aufpassen, dass sich kein Scherzkeks einen Spaß erlaubt und die Kleidung am Strand wegräumt. Daher also etwas versteckt auf eine Liege und hoffen, dass keine unnötigen Zuschauer am Start sind.

Drei Minuten später erreichen wir die Badeinsel. Ich lasse der Dame den Vortritt und sehe im Mondschein bei ruhigem Wasser eine tolle Figur mit schönen straffen Beinen die Treppe hochklettern. Dann klettere ich hoch und wir setzen uns an den Rand der Badeinsel und genießen erst den Blick auf die Anlage, dann aufs Meer, dann ich auf andere Sachen. Hier kann ich die Version erzählen, da FSK12-gerecht alles im Lot verlief. Wie üblich war es nachts dann doch recht kühl auf der Insel. Ein wenig knutschen und fummelnd das „Radio einstellen“ an den beiden Sendern war erlaubt, aber dann wollte sie doch lieber aufs Zimmer zu mir – kein Problem. Ich hatte das DZ zur Einzelbenutzung und somit ein zweites Bett, das in solchen Fällen immer praktisch ist. Am Strand zurück, schnell die Klamotten drüber, halbnass, aber es sollte kein weiter Weg sein, wäre ich nicht versehentlich schon am zweiten Wohnblock eingekehrt und nicht am ersten – denn hier endet der Glücksabend wie der des FC Bayern. In der letzten Minute wurde auch ich ausgebremst. Es stand im Übergang des zweiten Blocks zu den Zimmern eine mitangereiste Freundin aus Berlin, die im Nachbarzimmer untergebracht war, und morgens um drei Uhr rief: „Ach Cordula, auch noch unterwegs?“ So viel Pech konnte doch nicht sein. Ich erahnte es. Denn nun wollte Cordula nicht mehr unbedingt ihren Ruf riskieren, flüsterte mir ein „Wir sehen uns morgen“ ins Ohr und weg war sie.

Es war wohl der Abend, an denen alle Thomas Müller dieser Welt einen Schlag in der Magengegend verspürt haben müssen. Die meisten aufgrund eines Fußballspiels, der eine als Torschütze, was am Ende aber nichts geholfen hat, und ich eben – der, wenn es fünf Grad wärmer gewesen wäre, auf der Badeinsel nicht nur das Radio hätte einstellen dürfen. Und auf dem Weg ins Zimmer – also einer Art Verlängerung – vor dem finalen Schuss ausgebremst wurde. Wenigstens die Schmach des Elfmeterschießens blieb mir erspart.

Am nächsten Tag habe ich Cordula dann irgendwann mittags getroffen. Kurze Unterhaltung, kurz gelacht, aber die Sympathie des Abends war dann doch eine andere gewesen. Man steckt da eben nicht drin, aber sicherlich ist der Club auch keine Partnerbörse. Jedenfalls nicht für langfristig. An der Bar treffe ich Freunde, die dieses Jahr mitgereist sind und mir erzählen, dass sie sogar noch vor der Verlängerung des Fußballspiels völlig zerstört waren. Sie hatten zwei Ruhrgebietlerinnen kennengelernt und das Spiel „Wünsch dir was“ gespielt. Das kannte ich nicht, nur KroKoDok und Loop-me-Louis, die beide den einzigen Sinn hatten, in möglichst kurzer Zeit viel zu viel zu trinken. Bei Loop-me-Louis kann man mit ein wenig Geschick den Plastik-Flieger noch selbst vom Weg ablenken, bevor er die eigenen Spielchips abräumt und man zwangsweise trinken muss. Bei KrokoDok ist der Sinn, dem Gebiss des Krokodils, bestehend aus zwölf Zähnen, einzeln die Zähne herunterzudrücken und nicht den einzigen

– je nach Zufall – maroden Zahn zu erwischen, der das Maul des Krokodils nach oben spannt. Weil nämlich dann die Klappe zuschnappt und man verloren bzw. einen Drink gewonnen hat. KrokoDok kann dich innerhalb von wenigen Minuten handlungsunfähig setzen. Auf das Niveau von Conny und Gaby übertragen sollte man aber dann auch nicht im Bett liegen und den Wunsch nach einer letzten Zigarette verspüren.

Das Spiel „Wünsch dir was" ist vielleicht etwas langsamer, aber dafür umso heftiger. Einer der Truppe – es waren vier an diesem Abend – bestellt einen Drink an der Bar, viermal den gleichen, damit jeder einen bekommt. Man prostet sich zu und muss das trinken, was bestellt wurde. Dann kommt der Nächste dran und trifft die Auswahl des nächsten Drinks. Sowas kann in der Reihenfolge richtig heftig aussehen – Effez, Sekt auf Eis, Fernett Branco, Erdbeerwodka, Martini, Gin Tonic, Wodkasprite, Tonic-Effez etc. pp. Man sollte also einen gesunden Magen und vor allem eine Tablette AlkiSelzer parat haben, wenn man am nächsten Tag nicht komplett ausfallen will. Jedenfalls traf ich an der Bar meine zwei Mitfahrer an, die weder sport- noch aufnahmefähig waren, brav eine Cola nach der anderen zuzzelten – und ich wollte nicht wirklich wissen, was in dieser Nacht noch durch deren Köpfe ging.

Kapitel 9

Tim

Nachdem die Versicherungsmeute abgereist war und auch mal ein paar neue Leute den Club bevölkerten, füllte sich auch abends zum Bommel der Barbereich wieder. Wohl auch in der Erwartung, dass heute White Night ist, war die Laune gefühlt auf höchstem Level.

Mittags war ich mit Terri eine Runde Segeln, das Taurusgebirge thronte nach kurzer Fahrt auf dem fast spiegelglatten, ruhigen, tiefblauen Meer im Hintergrund des Clubs und türkische, auf alt getrimmte 4-stöckige Piraten-Partyspelunken schipperten vorbei – man muss kaum wegen der Vorfahrt auf dem Meer aufpassen, denn man hört diese schon von Weitem. Der Techno-Bass wummert übers Meer und ich vermute, im Umkreis von drei Meilen zur Küste gibt es keinen einzigen Fisch mehr. Die sind alle abgewandert, sei es wegen der vom Schiff erbrechenden Russinnen, die ab morgens zehn Uhr auf Stilettos auf dem Partyboot rumtorkeln und ihren Wodka gleich wieder im Meer entsorgen, wegen des unerträglichen Dauerlärms oder vielleicht zu einem kleinen Anteil auch wegen der Nachts-zur-Badeinsel-Schwimmer, die selbst die Nacht zum Tag machen können und die Badeinsel in rhythmische Schwingungen versetzen.

Bei schönstem Wetter hatten wir unsere kleine Segel-Kaffeefahrt. Für Terris erstes Mal auf einem Katamaran sicherlich ein schönes Erlebnis, allerdings war der Wind gar nicht anwesend und die Sonne brazzelte gut aufs Hirn.

Gegen Nachmittag legen wir wieder am Kieselstrand an und gehen direkt an die Bar. Bis zum Bommel ist heute noch ausreichend Zeit, aber die Bar ist schon gut gefüllt. Wahrscheinlich haben heute alle Gäste mal eher Lust, im Schatten zu relaxen, nachdem die Sonne gefühlt nochmal zugelegt hat und es kaum ein Lüftchen gibt. Also ordern wir uns einen Drink und stellen uns an einen der Stehtische unter den Sonnenschirmen. Steve kommt um die Ecke und stellt sich dazu. Entspannt rauchen wir eine Zigarette und rekonstruieren die gestrige Schaumparty und zeigen uns gegenseitig die Bilder, die über unsere Smartphones eingetrudelt sind. Freddi und seine Bekannten haben echt tolle Schnappschüsse hinbekommen. Wir tauschen uns gegenseitig aus. Der arme Hotelfotograf hat mir noch nie ein Bild verkaufen können und das wird sich wohl auch nie ändern.

Am Nachbartisch steht mein Leidenspartner beim Regenduschen-Suchen, der Träger der bunten Peter-Lustig-Brille. Da er alleine steht, grüßen wir uns mit einem Nicken und kurzem Winken und er gesellt sich zu uns an den Tisch, da er auch Terri aus den vergangenen Urlauben kennt. Wir prosten einander zu und kommen ins Gespräch. Ja, wir waren auch schon öfter hier. Er kommt meist mit Freunden auch schon seit Jahren. Er schreibt Bücher und sammelt immer lustige Geschichten vom Club und seinen Vorkommnissen. Wir stellen uns nach etlichen Jahren nun mal mit Namen vor – er heißt Tim und kommt aus dem Pott. Ich stelle mich mit „Thomas“ vor. Wir reden miteinander über die letzten Jahre und Terri will noch Drinks holen und sagt scherzhaft: „Herr Müller, noch ein Effez?“ Da schaut Tim mich erstaunt mit großen Augen an und fragt: „Bist du DER Müller?“ Ich frage, was er denn damit meine. Nun ja, er meint damit, dass es hier jemanden gäbe, dessen Nachnamen des Öfteren schon gefallen sei und dass womöglich ich das sei. Also rein aus den Beschreibungen des Erscheinungsbildes, denn er habe da schon die ein oder andere Geschichte gehört über diverse Missgeschicke, Partys und Events. Soso, also scheint mein Ruf mir hier auch vorauszueilen – okay, es kennen mich viele der Stammgäste. Man ist eben Wiederholungstäter, aber ich hoffe, dass es so weit positiv sein wird. Wir stellen recht schnell fest, dass Tim schon zwei Bücher über den Club geschrieben hat und immer auf der Suche nach neuen Storys ist – so weit ganz gut, aber ich glaube, hier hat jeder seine paar Ausreißergeschichten erlebt oder Momente, an die er gerne zurückdenkt. Ich weiß nicht, ob man ein Buch bestücken kann, indem man die schönsten Momente mit dem Leser teilen will. Das Gefühl, morgens nach der Disko mit Gunnar auf dem Balkon zu sitzen und Hotel California zu singen, während er die Gitarre vom Clubgitarristen spielt. Das ist zwar für mich eine tolle Erinnerung, wohl aber weniger für die damals in der Nähe Untergebrachten, die mit Sonnenaufgang unseren schrägen Gesang ertragen mussten – aber in einem Buch der Erinnerungen oder Best of moments möchte ich das nicht wissen. Anders die Sachen, über die wir tagelang herzhaft lachen konnten und die sich für immer eingebrannt haben. Mir fallen auf Anhieb diverse Aktionen ein, unter anderem flackern die beiden Frankfurterinnen mit dem Uringlas im Kopfkino auf, der „Fiasko dahoam"-Abend und auch der Abend, an dem ich irgendwann barfuß in der Disko stand, weil ich die Schuhe auf dem Zimmer vergessen hatte und gleich den Schlüssel auch noch drin liegen hatte. Kurzum: Ich musste an der Rezeption Ersatz besorgen und bog vorher nochmal zum Tanzen ab.

Unvergessen auch die gefühlt 58 Kontrollen am Strand, ob man denn Gast hier sei – aber das ist Tim auch schon passiert. Einerseits ja auch toll, dass jemand nachts aufpasst, andererseits auch etwas entmündigend. Was soll's, wenn draußen ein paar Leute nochmal schwimmen gehen. Wenn dann etwas passiert, wird der türkische Aufpasser auch nicht reinspringen und mich retten. Die wollen eher mal, dass man ohne großes Gegröle heimfindet und dann sofort pennt, ohne den Fernseher auf Anschlag zu drehen oder Haus-Party zu feiern. Letzteres scheint auch Tim bekannt vorzukommen. Wer von uns hatte nicht nach der Disko noch einen Kurztrip über den Pool in eines der Zimmer und dann standen da plötzlich 15 Leute um das Bett und auf dem Balkon. Der Musiksender lief auf Maximum und jeder kredenzte die letzten gebunkerten Weinreste aus der Zimmerflasche?

Wir lachen und Tim und ich beschließen, uns die Tage mal kurzzuschließen, sollte die ein oder andere Story den Weg doch noch in sein Buch finden. Auf jeden Fall bleibt er ein paar Tage länger als ich und ich sollte ihm mal die Privatadresse mit all meinen Kontaktdaten zukommen lassen.

In meinem Hirn rattert es vor lauter Anekdoten. Irgendwie könnte man stundenlang darüber reden. Ideen, die man hier hatte oder was man schon alles angestellt hat. Gunnar meinte immer, er wolle, wenn er mal abgelebt habe, dass ich seine Asche mit hierherbringe und die mittlere Fliese des Schachbretts damit wieder neu verfugt wird. Ein alter Brauch von uns war, bei Ankunft dieser Fliese den obligatorischen Willkommenskuss zu geben, dass man wieder hier sein dürfe. Insofern würde ich immer an ihn denken, ihn würdig begrüßen und immer das erste Glas Effez auf sein Wohl auf der Fliese verschütten, damit er auch was davon hat. Fragwürdig, ob ich eine Portion der Asche vom Bestatter bekommen und mit Schnupftabakdose einreisen würde und dann in einer Nacht- und Nebelaktion zwischen 4.30 Uhr und 5.30 Uhr Gunnar einmauern könnte, ohne von einer der Securitys abgeführt zu werden. Die mir womöglich noch den Schnupftabak abnehmen und sich dann die Reste von Gunnar in ihrem Wachhäuschen nachts kurz vor dem Wachwechsel um 5.45 Uhr in die Nase reinpfeifen würde. Nur, um eine Minute später mit einem klatschenden Niesen an der Wand zu landen – der Grat zwischen Paradies und Abgrund scheint hier echt schmal zu werden für den lieben Gunnar.

Andere Lösung wäre, sich plastinieren zu lassen. Ein Freund von mir meinte, dass es toll wäre, mich nach meinem Ableben von Gunter von Hagen ausstopfen zu lassen. In bester Strandmontur und mit langen Lockenhaaren.

In einem Glaskasten ausgestellt und dann neben dem Schachbrett aufgebaut, immer wachend, was im Club passiert. Ein befremdliches Gefühl, wenn nachts dann die Suffeulen von der Disko heimlaufen und mir den Sockel anstrullen. Oder sich Pärchen vor meinen Augen auf dem Schachbrett paaren – soll es ja alles schon gegeben haben. Wobei ich nur die Geschichte der Frau kenne, die selbst im Nietenclub keinen abbekam und sich dann nackt aufs Schachbrett legte und schrie: „Will mich denn niemand amseln?“

Endverzweifelt. Vielleicht nur eine Sage, wie es hier so viele geben mag. Ich hätte das gerne mal gesehen. Früher gab es ja noch einen Art „Anzeigenteil“ im täglichen Clubheftchen. Da konnte man gratulieren, Freunde begrüßen und was Nettes schreiben, getoppt von der Anzeige „Suche Mann mit Pferdeschwanz, Frisur egal“. Ein Schenkelklopfer, der aber auch ernst gemeint war. Die dazugehörige Anzeigenstellerin habe ich seit Jahren nicht mehr gesehen, aber – durch Zufall – bei einer meiner Touren durch eine deutsche Stadt morgens mal beim Brunch in einer Markthalle getroffen. Und die war da keinen Deut anders als im Club! Respekt! Bis mittags haben wir bei Prosecco und Mett ausgeharrt, um dann in eine Bar zu wechseln, und ich bin am frühen Nachmittag stramm wie drei Russeninnen vom Partyboot in meinem Hotel eingelaufen.

Nicht zu vergessen der „Stone of fame“, eine völlig sinnfreie Installation. Ein Stein, der etwa einen Meter hoch ist, und Leute, die sich für VIP im Club halten, können ein

Metallplättchen mit Namen drannageln lassen. Damit auch jeder Interessierte sieht, wer denn da war. Ein Abklatsch der Bilderwand, wo wenigstens noch mehr oder wenige Bekannte aus Film, Funk, Fernsehen und großteils Sport hängen. Das ist wenigstens noch mal interessant, wer vielleicht vor mir einmal im Club-Tagesbett gelegen hat oder aus demselben Glas getrunken haben könnte.

Aber der Stone of fame ist eben nur ein Hinkelstein mit kleinen Metallschildchen der Marke „Ich war hier“. Ob Robert mit seiner IT-Firma aus Buxtehude oder der Urologenverband Ostwestfalen-Herne. Das dürfte echt uninteressant sein. Jedenfalls stand der Stein anfangs zwischen Bar und Aufgang zur VIP-Bar in Nähe des Schachbretts. Seit geraumer Zeit ist er in die Region vor den Clubeingang gesetzt worden, d. h., man sieht ihn einmal bei Anreise und bestenfalls nimmt man ihn bei der Abreise nicht mal mehr wahr, wenn man schon gefühlt im Bus sitzt und hunderte von Taschentüchern einem nachwinken. Insofern kann er bleiben und ich werde ihm nicht auf drei Meter näher kommen. Im ersten Jahr des Steins wusste Gunnar sofort, was ich davon halte. Und das war klar, dass auf dem Heimweg vom Nietenclub die Blase entwässert werden musste und dies jeden Abend an diesem Stein geschah.

Würdevoller gehen wir mit der „Wall of fame“ um – da finden sich dann doch viele Sportler, viele Bundesligaspieler und einige Trainer, bei denen man vielleicht nicht unbedingt den Verein dazuschreiben sollte, weil sie ihn schneller wechseln, als man da nachtragen kann. Aktuell hängt Armin

Veh als „Trainer Eintracht seit 2011“ – und mittlerweile passt das auch wieder, auch wenn er mal kurz woanders und dann untergetaucht war.

Mittlerweile ist vor lauter Erzählen mit Tim, dem Schwelgen in Erinnerungen und gemeinsamen Erlebnissen schon die Bommelrunde vorbei. Ich hab den Pasta-Teller komplett verpennt und die Kippen sind auch leer. Die sargnagelblauen Franzosenzigaretten, die auf dem Tisch liegen, kann man kaum rauchen. Ich entschließe mich zu einem letzten Raki mit Tim, der mich sonst komplett um die White Night bringen wird, und gehe Richtung Zimmer. Terri und Steve sind schon längst gegangen – aber wir haben 19.45 Uhr Hauptbar vereinbart. Eigentlich genug Zeit, kurzes update per SMS zuhause abzusetzen und um dann hoffentlich nicht auf dem Bett einzuschlafen. Die Sonne beim Segeln und die Drinks haben mich müde gemacht. Heute Abend aber ist der beste Abend der Woche – White Night. Wollen wir hoffen, dass er hält, was er verspricht.

Kapitel 10

Meine persönlichen Top 3

Wenn ich schon etwas dort erlebt habe, dann will ich, Thomas Müller, das auch selbst erzählen. Ich werde Tim vorschlagen, das nächste Buch zu bestücken, und zwar mit neuen frischen Geschichten. Das ist ähnlich einem Fleischwolf. Von hinten steckt man was rein, vorne kommt neuer Kuddelmuddel raus. Anders würde man den Club auch nicht beschreiben können. Kaum jemand kommt so zurück, wie er das erste Mal reinspaziert ist.

Auf Platz 3 folgt eine Story aus dem Jahr 2000. Meinem ersten Jahr, in dem Knoblauchsoße, Liege und Fitnessstudioaußenbereich schon fast genug waren, aber all das war doch noch zu toppen:

Die unrenovierten Zimmer waren rückblickend betrachtet ein Graus. Ich kam ins Zimmer, ganz oben, zwei steile Stiegen ganz hoch und neben mir Gunnar, unter ihm Michi und rechts daneben, unter meinem Zimmer, das Pärchen, welches mittags immer das Essen mit Sport am jeweilig anderen abarbeitete.

Ich kam ins Zimmer, setzte mich aufs Bett und schaute mich erstmal um – alles etwas karg, die Dusche ein dünner dunkler Schlauch und daneben separat ein kleines Bad. Toilette altertümlich, wackelnde Klobrille und ein Mini-Waschbecken, welches noch von der Erstausstattung des Clubs Jahrgang 1985 sein musste. Also alles schon schön abgelebt – alles im

Endstadium. Bis auf den eingeschweißten Linoleumzettel mit der Bedienungsanleitung für den Fernseher. Welch Hohn – welcher Fernseher? Denn hier gab es keinen, es sei denn, der Vorbewohner hätte ihn mit nach Hause genommen, aber im Zeitalter der Röhre nicht wahrscheinlich. Auch damals schon viel zu sperrig und für Übergepäck 10 Mark/Kilo – da wäre der Elektromarkt dann doch der preiswertere Part gewesen als der abgegrabbelte Röhrensteinzeitfernseher aus der Türkei. Nun gut, ich hatte denn mal gar keinen – was auch weiterhin nicht schlimm war, denn Gunnar und Michi waren mit mir da und ich wusste, dass da recht feierfreudige und erfahrene Jungs am Werk waren, die sicher mehr die Nacht zum Tag machten als andersrum. Ich erwartete, nicht wirklich oft auf der Bude zu sein – was letztendlich auch eintrat.

Da wir morgens immer ein paar Bier an der Bar getrunken hatten, ging ich meist gegen Mittag Richtung Zimmer. Mit dem Vorsatz, mich einzucremen und die Strandsachen mitzunehmen, aber auch, um in erster Linie meine Morgentoilette zu erledigen und mich frisch zu machen. Ich saß also auf der Schüssel und hatte schon fast vergessen, dass die Brille nicht ganz fest war – und es kam, wie es kommen musste: Ich bekam leichte Schräglage und flutschte mit der Brille vom Topf. Nun lag ich da, eingekeilt zwischen Waschbecken und Klostumpf, die Brille kullerte mit aufgeklapptem Deckel an meinem Allerwertesten vorbei und blieb scheppernd liegen. Ich hatte Lachkrämpfe. Sowas war mir doch noch nie passiert! Ich raffte mich nach ein paar Anläufen auf, hievte meinen Kadaver irgendwie aus der Ritze und sah das Malheur und wusste, dass ich hier ab heute nur noch zum Stehpinkeln eingeladen war. Alles andere würde außer Haus erledigt werden, und so stellte ich die Klobrille vor die Zimmertür und hoffte, dass abends die Putzfrau den Mechaniker informiert hatte und ich wieder ein vollwertiges Bad haben würde – wenn auch ein Bad mit Klo von 1985.

Zum Abendessen, nach einer anstrengenden Marinasession, war mal gar nichts passiert. Ich schraubte mich die Treppe nach oben und konnte schon auf den letzten fünf Stufen die schwarze Klobrille mit Deckel immer noch wartend vor der Tür erspähen. Prima, die hatte ich nicht zum Spaß dorthin gestellt. Also rein ins Zimmer und mal an der Rezeption anrufen. Dort ging dann eine türkische Praktikantin dran, die das Problem wohl auch nicht so ganz verstand – mir aber versprach, dass ein Techniker kommen und ich sicherlich heute Nacht keine Probleme mehr haben würde. Na dann, in diesem guten Vertrauen startete ein weiterer Abend, der dann auch irgendwann nach Schachbrett und Nietenclub endete, als ich mich wieder die Treppe hochschraubte. In der Dunkelheit konnte ich zuerst nichts erkennen, aber dann war klar – hier hatte sich mal rein gar nichts getan. Friedlich stand die Klobrille mit Deckel noch vor der Tür. Jetzt war es aber mal gut. In meinem Übermut habe ich der Brille einen Tritt aus Verachtung, Wut und Unmut versetzt. Sie klapperte zuerst gegen die Wand, rutschte dann den Vorsprung leicht zurück und kippte anschließend auf die erste Stufe abwärts, um letztendlich – besser hätte man es nicht machen können – jede einzelne der sieben Stufen des ersten

Treppenabsatzes nach unten aufzuschlagen, um dann im hohen Bogen ins Gebüsch zu fliegen. Das Klock-klock-klock-klock-klock-klock-klack hallt unvergessen noch im Ohr. Selbst Michi sagte am nächsten Morgen: „Thomas, ich wusste, wann du heimgekommen bist, hab nur jemanden fluchen hören und dann das Klackern – aber was war das?“ Am nächsten Tag jedenfalls lag der Klodeckel unten im Gebüsch neben dem Rasen. Das Plastikteil war endfertig und als ich am nächsten Mittag aufs Zimmer kam, war klaglos ein neuer Deckel verbaut. Diesmal auch fest und ohne Abrutschgefahr – na siehste, geht doch.

Mein Top-2-Punkt ist sicherlich ein Tiefpunkt in meiner persönlichen Clubkarriere, aber er muss ehrlicherweise erwähnt werden. Ein bisschen Angst schwebte lange mit, dass ich Einreise oder Ausreiseverbot hätte bekommen können, aber bei Abreise am Flughafen war das wohl noch zu frisch und bei Wiedereinreise ein paar Wochen später glücklicherweise nichts vermerkt oder schon wieder vergessen. Anzuzweifeln, ob auch wirklich bei jedem.

Aber was war passiert? Mit ein paar Freunden und Bekannten waren wir im Club und haben abends an der Bezahlbar am Schachbrett noch ordentlich einen reingehebelt. Es war mein letzter Abend, der Koffer noch nicht mal gepackt, und ich musste gegen 11.30 Uhr das Zimmer verlassen, um den Nachmittags-Flieger in Antalya zu erwischen. Der letzte Abend verlief richtig gut. Eine tolle Party und wir hatten mehr als gut gefeiert. Der Clubchef stand auch noch bei uns am Tisch und gab einen aus.

Plötzlich gab es Effez in Dosen und ich bediente mich an der Bar. Irgendwann musste ich austreten und lief mit der Dose zur Herrentoilette, Richtung Kabine drei, weil man in den Kabinen die Dose beim Pinkeln so schön abstellen kann, um dann nach Händewaschen direkt wieder raus zum Schachbrett zu starten. Was aber wiederum der vorbeilaufenden Security nicht gefiel, die mich gleich auf die Dose ansprach und ohne große Kompromisse bat, mich auf mein Zimmer zu begleiten, weil ich zu betrunken wäre. Ich vermute – und kann es leider bis heute nicht belegen –, dass mich hier jemand hat auflaufen lassen wollen oder mir einen üblen Streich gespielt hat, indem er der Security erzählte, ich wäre rabenvoll. War ja nicht ganz so, aber erkläre mal zwei pflichtbewussten Wachmann-Türken, dass es nicht so ist. Leider war auch keiner meiner Jungs in der Nähe und somit keine Chance auf ein versöhnliches Ende der Diskussion mit den Hoheitsbehörden im Securityoutfit im Policeman-Look. Selbst verabschieden durfte ich mich nun nicht mehr, es war der direkte Gang zum nahegelegenen Zimmer angesagt. Schon frech, wenn man denkt, dass man als Gast sowas erleben muss – und was alleine die anderen Gäste wohl gedacht haben, denen ich auf dem Weg begegnet bin. Jedenfalls war es zudem das Jahr, in dem ich kein Glück und kein ebenerdiges Zimmer hatte – was in diesem Fall für alle teilnehmenden Personen zum Desaster wurde. Die beiden Security-Türken baten mich bei von mir immer wieder beginnender Diskussion, die Treppe hochzugehen und mich hinzulegen – und einer davon nahm mich in den Griff, damit wir die Treppe auch hochkommen würden, was schon alleine teils mühsam ist, aber zu zweit nebeneinander einfach zu eng wird. Auf der obersten Stufe kamen wir ins Stocken, ich rutschte aus, ließ die Dose Effez aus der Hand fallen und wir segelten jede einzelne Stufe schmerzhaft nach unten. Meine rechte Seite tat weh, nicht auf Anhieb, aber gefühlt, als hätte ich einen guten Schlag abbekommen. Der türkische Security-Officer fluchte und hatte sich wohl übelst weh getan. Er hatte wohl eine ganze Ladung mehr abbekommen als ich. Jedenfalls wollten die beiden mich dann zu zweit hochbringen. Das ging aber auch sehr wohl alleine, wobei die Security-Leute immer viel zu touchy sind. Sie meinen es vielleicht gut, aber in der Anlage muss man auch Leute haben, die einen verstehen. Rein sprachlich, auch wie bei Gästen wie mir, die mit leichter Watte im Mund rumspazieren. Es wurde also zu einer Katastrophe hier, aber letzten Endes war ich irgendwann oben und stand mit dem Zimmerschlüssel in der Hand da. Ich öffnete die Tür, ohne friemeln zu müssen – ein eindeutiges Indiz, dass hier noch Schachbrett und Nietenclub machbar gewesen wären. Stattdessen sah ich nur zwei Nieten, die mich im Zimmer entsorgen wollten, und die wahre Niete des Abends hatte wohl ich gezogen. Im Zimmer tat mir dann aber plötzlich fast alles weh, ich legte mich aufs Bett und die Türken durchsuchten das Zimmer nach jeglichen Alkoholika. Die Zimmerflasche stand noch dreiviertelvoll da und wurde umgehend konfisziert. Zudem ein klares und unfreundliches „You do not go" der beiden und zack-zack schloss sich die Tür hinter den ihnen.

Ich wurde mir selbst überlassen. Was sollte ich machen? Letzter Abend, kleines, aber bestimmt formuliertes Ausgehverbot, Treppe abgesegelt, Koffer noch nicht gepackt? Egal, es war Zeit für die Abreise und erstmal eine ordentliche Mütze Schlaf.

Morgens punkt 11 Uhr stand ich bei strömendem Regen an der Hauptbar. Das Wetter wohl meiner körperlichen Verfassung geschuldet, denn ich war geschunden auf der rechten Seite, Unterschenkel und Oberschenkel belegten jeweils mittelgroße Blutergüsse. Oberhalb des Gürtels gut sichtbar ein Riesenfleck, der schön rot unterlaufen war, und die Rippen hinauf auch mehrere kleine Schürfwunden und grünblaugraue Flecken. Meine Mitreisenden haben ordentlich gestaunt. Erst über die Story, dann über die Offenlegung des malträtierten Körpers. Zudem hält sich hartnäckig die Geschichte, verpfiffen worden zu sein. Insofern läuft das etwas in meine Richtung.

Die vom Körper erstellten Bilder schaue ich mir heute ab und an noch auf dem Smartphone an. Stets eine Mahnung für mich, dass steile Treppen, türkische Security und eine Dose Effez nicht kombinierbar sind. Ich hoffe bis heute, dass der Security-Mann nicht mehr dort arbeitet oder mich zumindest nicht mehr erkennen wird. Unter Einsatz seines Lebens hat er versucht, mich ins Zimmer zu bugsieren. Sicherlich hat er sich danach den restlichen Zimmerwein auf den Schreck reingegossen, um auch mal auf mein Level zu kommen und den Schmerz des Sturzes zu vergessen.

Platz 1 ist unangefochten ein Abend, der ein Jahr vorher stattgefunden hat. Ich war mit den Freunden aus Top 2 zusammen dort. Bekannte aus anderen Städten kamen auch noch und es war eine richtig witzige Truppe – nur dass leider der Alkohol wieder in Strömen floss. Ich aber keine Kondition mehr hatte, da ich mich der Fastenzeit verschrieben, 100 Tage Null-Schluck eisern durchgehalten und bis zum Urlaub in dem besagten Jahr vielleicht drei Bier getrunken hatte. Nicht pro Tag, sondern im gesamten Jahresverlauf. Da nimmt schnell die Kondition ab und das merkte ich rapide. Trotzdem hatte ich den unveränderten Zug und die Jungs waren auch nicht die Typen, die ins Glas spucken würden. Es war ein langer Abend mit Schachbrett und Nietenclub. Ich erinnere mich noch, dass ich von dort irgendwann über den Strand Richtung erster Wohnblock durchgestartet bin. Etwas grobmotorisch, aber immer noch ansprechbar. Am Strand begegnete mir einer von der Security, der aber dann zufrieden war, als ich ihm den Schlüssel zeigte und sagte, dass ich jetzt ins Bett steuern würde. Das war ihm wohl am angenehmsten und obwohl ich weite Ausfallschritte und Koordinationsprobleme hatte, ließ er mich alleine meinen Weg gehen. Ich kam ebenerdig an – weit vorne im ersten Block. Vielleicht ein ideales Zimmer für Lauflegastheniker wie mich an diesem Abend. Was ab da passierte, musste mühevoll rekonstruiert werden. Ab Betreten des Zimmers bis zum nächsten Morgen ist bei mir völliger Filmriss.

Jedenfalls stand ich gegen Mittag an der Bar und unterhielt mich mit Terri und ihren Bekannten aus München. Der Abend war wohl überall feuchtfröhlich, nur spürte ich auf der linken Seite in Nierenbereich einen drückenden Schmerz. Ich rollte das T-Shirt hoch und sagte: „Guck mal, komischer Abdruck hier.“ Alle staunten, ich hatte kreisrunde Abdrücke, fein säuberlich angeordnet, einwandfrei rund, nichts verschoben und klar zu erkennen. Als hätten Außerirdische nachts das Kornfeld mit mir verwechselt und mich besucht. Alle schauten mich an und fragten sich, was passiert sei. Ich erinnerte mich an den Nachhauseweg, kein Sturz, die Security, wie ich noch das Zimmer aufschloss, den Fernseher anschaltete, einen Schluck Rotwein eingoss und dann ... Ja, stimmt, die Hose herumstolpernd ausgezogen habe, gegen den Fernseher polterte, hinfiel, mich aufraffte und mich nochmal aufs Klo setzte ... aber dann, plötzlich dämmert es mir, ich muss da irgendwie eingeschlafen und wohl gegen die Wand gefallen sein, um dann runterzufallen. Jedenfalls erinnere ich mich jetzt wieder, morgens im Bad liegend aufgewacht zu sein, und dann bin ich direkt ins Bett, um dort den Rausch auszuschlafen – aber woher kommt der kreisförmige Abdruck?

Um an den Strand zu gehen, gehe ich mit noch ordentlich wummerndem Kopf zurück ins Zimmer und will mich eincremen. Und will nochmal sehen, wo ich denn gelegen habe oder wie so ein Abdruck zustande kommen kann. Bin ich gegen die Duschtür gestoßen? Passt von der Höhe, aber hat keine Kreise. Oder lag irgendwas im Bett? Nein, auch nicht. Und dann – ich bin auf der Toilette – weiß ich, was passiert ist – ich sehe den Türstopper an der Tür zum Bad, drei Kreise auf dem Gummistopper. Perfekt! Ich stelle also sofort die Szene nach und lasse mich geplant abrutschen und – Bingo! – lande mit der linken Seite auf dem Stopper, der sich eindeutig hier in meiner Nierengegend eingedrückt hat! Über Stunden muss ich dort schlummernd gelegen und nichts gemerkt haben. Die MPU-Akte von Thomas Müller wird nie wieder geöffnet werden, auch Fahrradwimpel und Tretrollerabzeichen werden eingezogen. Ab heute läuft der Müller nur noch zu Fuß oder fährt maximal Bus und Bahn. Grausam.

Ich erzähle die Story abends und wir kommen aus dem Lachen nicht mehr raus. Überall muss ich den Abdruck zeigen, der sich auch hartnäckig mehrere Tage lang sauber hält. Prima gemacht. Herr Müller, Applaus de luxe. Aber das Schönste daran ist, dass ich am Tag der Abreise ein Erinnerungsgeschenk meiner Freunde bekommen habe – einer der Jungs ist unter Vorwand auf mein Zimmer und hat den Türstopper rausgedreht. Und nun habe ich ihn feierlich bei einer Runde Effez und einem Spezial-Fernett-Branco übergeben bekommen. Schließlich habe ich eine Nacht mit ihm verbracht. Den Stopper gibt es im Übrigen immer noch. Er steht bei mir an einem sicheren Ort. Zwar nicht verschraubt, aber jederzeit vorzeigbar, wenn mal wieder die Geschichte erzählt wird. Sorry, Tim, aber die musste hier drin stehen, den Türstopper zeig ich dir aber gerne und mittlerweile gibt es im Club schon wieder neue, allerdings ohne die drei Gummiringe oben drauf.

Kapitel 11

White Night

Treffpunkt kurz vor 20 Uhr an der Hauptbar. So habe ich mir immer den Chefärztekongress in Bottrop vorgestellt. Alle in strahlendem Weiß. Männer in weißen Hosen, T-Shirts und Hemden. Damen in weißen Kleidern, Röcken und Blusen. Es fehlen bei den Herren die weißen Boris-Becker-Gedenktennissocken und bei den Damen die weißen Birkenstocks. Aber das muss nicht sein – ich halte es heute auch ganz in Weiß. Weißes Leinenhemd mit weißer Leinenhose und Topzusatzpunkt: weiße Chucks. Also mehr ging nun mal gar nicht. Der Ärztekongress diskutiert schon lauthals, als ich eintreffe. Heute bin ich unauffällig, weil eben alle in Weiß gekleidet. Ein paar Stilbrecher gibt es wie überall, Leute, die gegen den Strom schwimmen oder simpel das Motto nicht beherzigen wollen oder nicht können, weil nichts Weißes eingepackt.

Sicher wird die ein oder andere Mandeloperation der Vorabende besprochen. Nicht auszuschließen, dass sich mehrere Oberärzte an derselben Patientin versucht haben und auch die Chefurologen haben hier viel zu erzählen – womöglich zuhause noch mehr, wenn sie ihrem echten Pendant erklären müssen, wieso der Blumenkohl zwischen den Beinen so schön sprießt und die Einwegspritze so komisch juckt.

Schon lange hab ich die Vermutung, dass damals der Urologenkongress Deutschland auch die Whirlpools im Club gesponsert hat. Da standen ein Jahr lang überall diese Jacuzzis rum. Wohl wissend, dass genau dort der Übertragungseffekt für Chlamydien am höchsten ist – ihr lieben Leute, in sowas setzt man sich nicht rein. Jedenfalls nicht im Club, wo abends jeder Zweite denkt, es wäre mal toll, im Jacuzzi den Abend des Lebens mit der neuen Bekanntschaft zu verbringen – um dann Tage und Wochen später den echten Urologen kennenzulernen, der mit dem Lötkolben die Sache wieder in Ordnung bringt und wochenlang Salbe und Ruhe verordnet. Nicht auszuschließen, dass diese Berufsgruppe zum Anleiern des Business die Pools mitgesponsert hat – und womöglich schon eine eigene lateinische Bezeichnung für das Syndrom gefunden hatte – Blumenkohlus schammiuvanis.

Zurück zum Abend – eine Meute weiß gekleideter, gut aussehender und noch besser gelaunter Menschen steht im Schachbrett- und Barbereich und startet grüppchenweise Richtung Abendessen. Terri und Steve trudeln ein. Wir nehmen noch einen Zwischensekt zum Anlass des Abends und starten dann auch los und wir landen wieder am Tisch mit dem türkischen Pärchen. Diese lächeln zwar gequält, aber kaum sitzen wir, geht die Türkin zum Dessertbüffet. Ich ahne, dass wir bald mehr Platz haben werden, denn die haben wohl mal gar keine Lust auf uns. Auf den ganzen Club wohl auch nicht, denn sie sind beide nicht in Weiß gekleidet, also auch nicht die Aktivurlauber hier, und wohl definitiv im falschen Laden zum Urlaubmachen gelandet. Das Pärchen aus Stuttgart kommt noch zu uns dazu. Die waren die letzten Tage auch recht lustig dabei und ab und zu habe ich mich am Pool mit ihnen unterhalten. Leider fahren sie aber morgen schon wieder heim und werden nicht den Riesenpartyabend starten, denn der Flieger geht am Vormittag und die Abholung ist so gegen sieben Uhr frühmorgens terminiert worden. Man merkt, dass er ja gerne nochmal feiern würde, aber er wird ein wenig von ihr gebremst. Sie wird wissen, dass er sonst morgens nicht rauskommt und verlängern scheint nicht drin zu sein.

Das Essen ist wie immer fabelhaft, Rote-Beete-Carpaccio, wobei echtes Fleisch mir lieber gewesen wäre. Im Anschluss den hervorragend aussehenden Schlemmerteller und danach Wiener Schnitzel (Kalb! – logo) im zweiten Durchgang. Gefolgt von Mandeldonuts und einem Becher Schokocreme. Kulinarisch wird man hier absolut verwöhnt und trotzdem ist der Hauptfeind der Kilos der Alkohol. Denn der fließt im Club nun mal leider zu gut. Rotwein zum Essen – ja, es ist der zum Abgewöhnen, aber da mittlerweile Roze und Weißwein nicht mehr an mich rangehen, probiere ich den Roten in homöopathischen Dosen. Der kratzt schon, aber man gewöhnt sich an alles, jedenfalls passt er zum Lamm-Schlemmerteller. Saftig gebraten, nicht zu durch und nicht zu blutig. Da haben sie wirklich ein schönes Stück Fleisch auf den Teller gezaubert. Grundlage ist eben wichtig. Für die

White Night unverzichtbar, denn heute will ich noch den 50-Euro-Gutschein unter das Volk der Mitfahrer bringen, den man mit der SchammieClub-Karte für jeden Clubbesuch bekommt. Theoretisch müsste man jeden Tag ein- und auschecken und dann gäbe es jedes Mal eine Flasche Zimmerwein und den Gutschein. Aber auch hier ist man großzügig. Da wir einen Segelturn buchen wollten und es nicht genug Mitfahrer gab, hat uns die Dame vom Reiseoffice mit Rücksprache Tüneks wegen der kurzfristigen Cancelation noch eine Überraschung zukommen lassen: eine Flasche besten Gin – das bedeutet, dass der heutige Abend mehr als gerettet ist.

Wir sitzen noch lange am Tisch, befragen wie immer den Würfel der Wahrheit und dieser wagt auch nicht zu widersprechen. Der Abend muss also gut werden. Am Nachbartisch erheben sich Freddi und seine Leute und im großen Trupp schließen wir uns an und gehen Richtung Hauptbar. Noch ist etwas Zeit für einen Espresso und ein paar Unterhaltungen, bevor es dann zum Strand und zur White Night geht. Aus der Ferne sieht man schon das Schwarzlicht auf die weißen Deko-Seitenwände strahlen. Es sieht phantastisch aus. Geboten wird hier wirklich viel, um den Aufenthalt unvergesslich zu machen.

Wir laufen am Strand ein, als die ersten Tische sich schon füllen und das große Karree, auf dem auch die Schaumparty stattgefunden hat, ist umstellt von weißen Abtrennungen, Schwarzlicht hüllt alles in eine phantastische Atmosphäre, Beats wummern durch den Floor und in der Mitte ist Platz genug zum Tanzen. Rechts und links sind die Bezahlbars aufgebaut und davor stehen vereinzelt Stehtische. Einige schon belegt mit riesigen Getränkebottichen, in denen Softdrinks und Gläser abwechselnd mit Eis und hochprozentigen Flaschen stecken. Wir stehen kurz hinter dem Eingang an einem der besten Tische, zwischen Bezahlbar und Tanzfläche. Drei teuer aussehende Handtaschen belagern die Tischfläche, dahinter stehen die dazugehörigen Besitzerinnen. Ein Freundinnenpärchen und eine attraktive Enddreißigerin in gut sitzender weißer Hose und lässiger Bluse – holla, die Waldfee, die ist aber hübsch und ist mir bisher so noch gar nicht aufgefallen. Ich frage Terri und Steve, ob wir nicht unsere Flasche von Tünek ziehen wollen. Der Tisch wäre doch ideal. Natürlich auch mit dem Hintergedanken, dass hier das ideale Anschlussprogramm steht. Gesagt, getan – ich gehe zu Murat und Arek zur Bezahlbar und zwei Minuten später rollen die Jungs mit einem großen Plastiktender mit Eis, Tonic Water, Gläsern, frischen Gurkenscheiben und dem Gin an. Nun müssen die drei Damen leider ihre Handtaschen anderswo deponieren, bekommen aber als Entschädigung im direkten Gegenzug einen Drink von uns angeboten – was sie nicht ablehnen können – und somit sind sie am Tisch eingenordet.

Die zwei seltsamerweise dunkel gekleideten Freundinnen sind heute erst angekommen und haben wohl das Motto nicht mitbekommen, wollen das aber so durchziehen. Die eine ist recht ordentlich ausgestattet und drückt sich immer wieder mit ihren zwei Vorteilen an mich und redet mir viel zu nahe ins Ohr. Okay, es ist laut, aber ich verstehe sie auch so. Das ist mir dann doch etwas zu kuschelig und vielleicht zu direkt. Zudem auch nicht mein Typ Frau. Im Gespräch stellt sich heraus, dass sie auch aus dem Pott kommt – wie so viele hier – und Optikerin ist. Vielleicht sollte ich ihr mal Tim vorstellen, der würde sich über eine Typberatung in Bezug auf die Peter-Lustig-Brille bestimmt freuen. Sicherlich werde ich das nachher auch tun und mir es mit ihm verscherzen. Anfangs jedenfalls und nach fünf Fernett Branco Leidensgebühr an der Bar wird er wieder gut mit mir sein. Beim Gedanken daran wird mir übel.

Natascha und Nicole aus Dortmund – die beiden angereisten Freundinnen – sind schon mehrmals hier gewesen. Die wissen, wie der Hase läuft. Merkt man aber auch. Ich werde direkt ins Gespräch verwickelt und muss mal einen Weg finden, die hübsche Enddreißigerin einzubinden, die ein wenig am Rand steht. Ich schiebe Steve zu Natascha und drücke mich zwischen Nicole und die Enddreißigerin und stelle mich direkt vor. Die ist wirklich fein und genau mein Ding. Jessi heißt sie und kommt aus Berlin – aha, Berlin, da hab ich ja gute Erfahrungen mit. In meinem Kopf läuft das Badeinsel-Déjà-vu, aber das wäre hier noch ein weiter Weg. Sie ist hier mit ihren Schwestern, die aber gestern schon so ausgiebig gefeiert hätten und nun müde seien. Also sei sie mal alleine mit hierher beziehungsweise habe am Tisch bei Nicole und Natascha gesessen und sich doch nochmal breitschlagen lassen, mitzukommen. Sehr schön, manchmal muss man zum Glück gezwungen werden. Ich schenke uns beiden nochmal großzügig einen Gin nach und merke, wie die erste Flasche zur Neige geht und winke hinter Jessis Rücken Arek zu, der sofort versteht, dass hier noch eine Flasche Gin her muss. Service ist im Club tiptop. Besser könnte es in einem öffentlich-rechtlichen-Kitschfilm auch nicht laufen, in denen die Paare auch immer den besten Tisch haben und nie auf irgendetwas warten müssen. Nur dass hier mal nicht der Lerchesberg in Mainz ist, sondern das echte Leben. Mit Jessi plappere ich mich fest und aus dem Augenwinkel erkenne ich, wie Steve und Natascha sich immer angeregter unterhalten. Während unser Pärchen Nicole und Terri noch unterhält. Abwechselnd, denn immer wieder strömen Freddi, Freunde und Bekannte an uns vorbei. Kurzes Hallo, kurz erklären, woher man sich kennt, und dann ist man wieder vertieft ins Gespräch. Jessi erzählt, dass sie mit ihren Schwestern das erste Mal hier ist. Einfach, dass sie mal eine Auszeit von zuhause haben wollte, eine Tochter in der Pubertät hat und einen Mann, der wohl mehr unterwegs als zuhause ist. Und eben auch mal einen Cluburlaub wollte und nicht nur auf der Liege mit Buch rumgammeln – Volltreffer, das kann man hier zwar auch, aber ich habe es aufgegeben, ein Buch mitzunehmen. Das Leben hier schreibt dein Buch, aber sonst auch nichts. Da braucht es keinen Kommissar Wallander, der durchs verschneite Stockholm stolpert, und auch keinen schreibenden Arzt, der mir per Buch und seinem Privatsenderformat erklärt, wie die Liebe durch den Magen geht, um dann hinten wieder rauszukommen. Aha. Generell ist hier weder Buch noch TV angesagt. Sollen Beate und ihre Mutter – sowas hat die Welt noch nicht gesehen – doch ihr eigenes Ding drehen, Nischenplayer der übelsten Art, die sich auch noch vorführen lassen. Oder Privatfernsehdetektive, die kaputte Smartphones analysieren, um der 14-jährigen Jaqueline im Wohnblock zu erklären, dass Versicherungsbetrug kein Kavaliersdelikt ist. Der Fernsehdetektiv wäre sicherlich auch lieber hier und würde andere Sachen analysieren, aber dann wäre das Format bei den Privaten im Nachtprogramm bzw. bei einem der Spartensender die Reportage mit dem Titel „Fahnden, Forschen, Fummeln – wenn Detektive ganz nah ran müssen". Diese Sendung ist für Zuschauer unter 16 Jahren nicht geeignet. Und für über 16-Jährige mit ein bisschen Grips eigentlich auch nicht.

Mit Jessi rede ich mich fest. Über den ersten Freund der Tochter, der wohl bald antanzen wird, oder den Tod des Hamsters. Beides eng verknüpft, denn die Trauer wird ähnlich sein, wenn das erste Moped knatternd vom Hof fährt und der Fahrer zwar nicht tot, aber doch nicht mehr aktiver Part im Teenagerleben sein wird. Es werden harte Zeiten auf Jessi zukommen. Meine warmen, aber vielleicht etwas ungeschönten Worte werden noch das ein oder andere Mal im Ohr nachklingen. Immerhin bleibe ich so in Erinnerung, zumindest so weit bin ich schon mal. Was in den Synapsen letztendlich dazuergänzt wird, wird sich noch zeigen. Jedenfalls muss ich aufpassen. Berlin ist mein personalisiertes „Finale dahoam" – da ist nicht auszuschließen, dass das Spiel bis zum Elfmeterschießen prima läuft, um dann abrupt verloren zu gehen. Thomas

Müller im Eisbecken, der gar nicht mehr raus will. Untröstlich, und weder Franck-Steve Ribéry noch Terri-Xabi Alonso können ihn motivieren. Dieses Drama will ich nicht erleben – sondern mich lieber wie Steve orientieren, der schon mal galant die Hand um Nataschas Hüfte hält. Als wollte er ihr etwas erklären, aber natürlich mit dem Hintergedanken, das Stück Stoff zwischen Hand und ihrer Hüfte auch noch wegzubekommen und auch den Rest Nataschas mal ohne Deko zu sehen. Der alte Fuchs, ich glaube, morgen wird er was zu erzählen haben – völlig diskret natürlich, wenn wir mittags bei einem aufpreispflichtigen Hefeweißbier dann ans (R-)Eingemachte gehen.

Mit Jessi verfliegt die Zeit. Ich muss nun mal eine Runde drehen und will auch sonst mal schauen, was sonst so los ist – das macht einerseits interessanter, weil man nicht wie ein Kaugummi dranklebt, andererseits besteht die Gefahr, dass die Saat nicht aufgeht und ein anderer Mähdrescher das Feld vor mir beackern wird. Aber das Risiko gehe ich ein.

Auf dem Weg treffe ich Freddi. Der strahlt wie ein Honigkuchenpferd. Er hat eine Perle kennengelernt und ist in einer halben Stunde im dritten Block bei ihr auf dem Zimmer verabredet. Aha, da geht es also mal direkt zur Sache. Freddi sehe ich also im besten Fall wieder im Nietenclub. Natürlich schauen die beiden bei ihr nur ein wenig TV, wenn der Fernsehdetektiv den Hagelschadenfall löst. Der schlaue Fuchs wird feststellen, dass die Beulen auf dem Autodach seltsamerweise von innen nach außen gehen. Und spätestens der auf dem Beifahrersitz liegende Hammer wird ihm die

Lösung aufzeigen: Kein Hagelkorn, sondern stumpfe Schläge gegen den Dachhimmel sind die Ursache des Schadens. Der des Versicherungsbetrugs überführte Rostlauben-Reiner aus Dresden weint bitterlich und Freddi wird seine 3er-Block-Bekanntschaft trösten müssen. Das Leben ist schon bitter und bei Freddi heute hoffentlich auch hart.

Ich treffe noch die Segeljungs, Freddis Freunde vom Nachbartisch, und dann drehe ich wieder meine Runde durch die White Night. Ich will nun ja auch mal eine Runde tanzen und schauen, was so am Start ist. Statt rechts zu unserem Tisch, drehe ich auf links und lande direkt am Tisch von Tim und dessen Clique. Im Schlepptau noch ein paar Neuankömmlinge, wovon eine unbedingt meinen Kuschelbart angrapschen will. Gerne ja, bitte, mach hin, ja, der sieht cool aus, ja, danke – Komplimente hört jeder Mann gerne. Gerade auch weil ich eben diesen Jesus-Look mitbringe und das hier auch viel zu oft zu hören bekomme. Im Gesamten sowieso wenig neue Einfälle hier. Eine Dame stellte sich mal mit fragendem „Oberammergau?“ vor, der beste Text hier bisher war „Der Mann vom Dritte-Welt-Laden“, und ansonsten der übliche Mix aus Ötzi, Reinhold Messner, Räuber Hotzenplotz, Yeti, Moses und eben Jesus.

Ich werde spontan am Tisch zu einem Glas Champagner eingeladen – ja auch den gibt es hier. Leckerschmecker für ab 59 Euro die Flasche. Eigentlich ein guter Deal. Einer am Tisch hat Geburtstag, smarte 30 Jahre wird er alt. Ich gratuliere artig, kurzer Smalltalk und stehe Sekunden später mit der Sekt-Flöte in der Hand auf der Tanzfläche. Genialste Musik, ein guter Song treibt den nächsten, hübsche Mädels tanzen neben alternden Krokodilen mit teuer wirkenden Handtaschen, Typen in Chefarztkostüm und mit zurückgegelten Haaren wirbeln hölzern über die Bretter. Es sieht komisch aus, wenn hier der Onkel Doktor versucht zu tanzen – so stelle ich mir maximal den Krankenhausclown vor. Es fehlen nur die bunte Perücke und die rote Nase.

Nach richtig guter Musik, erfrischendem Wind vom Meer und mit bester Laune drehe ich weiter meine Runde und lande wieder an unserem Tisch. Leider habe ich zwischenzeitlich den Abgang des amüsanten Pärchens aus Stuttgart verpasst, denn die sind schon heim, aber sie haben den anderen noch einen Gruß für mich ausgerichtet. Ich werde sie morgen früh sicherlich nicht verabschieden. Sieben Uhr ist viel zu früh, aber wir haben die Nummern ausgetaucht und bleiben mehr oder weniger in Kontakt. Hoffentlich.

Steve hat sich an Natascha festgekaut, Terri flirtet mit einem der Stamm-Animateure. Aha, ob das wohl gutgeht? Und Nicole, die sehe ich am Nachbartisch. Hat sich einen der Segeljungs geschnappt. Die wirken zwar auf Anhieb brav und bieder, aber auch da sind die stillen Wasser wohl tief und womöglich auch dreckig. Nur Jessi sehe ich nicht mehr. Sie ist wohl schon mal Richtung Zimmer durchgestartet. Das ist schade. Äußerst schade. Da hab ich also zu viel Zeit woanders verplempert. Aber egal, ein paar Tage bin ich noch da und Berlin will ja eh anders gehandhabt werden – Eistonne Thomas Müller heute erstmal verschoben. Glück gehabt.

Die zweite Flasche Gin hat es auch schon überstanden. Ein letzter Tropfen und viel Eis auf den brühwarmen Tonic. Eine dritte lohnt nicht mehr. Es ist kurz vor ein Uhr und dann geht es stramm in den Nietenclub? Oder, Herr Müller? Ui, heute will ich wohl noch weiterfeiern bei allerbester Laune. Nun ja, aber das will hier fast jeder. Ein paar Songs später ist es dann auch so weit und abrupt hört die Musik auf. Es kommt Endzeit-Festival-Feeling auf. Es wird heller und die Club-Crew baut ab, während die Gäste noch da sind und sich entschließen müssen, wo sie noch hinwollen. Hier ist die Entscheidung recht einfach: Jeder, der noch hier ist, kann a) ins Zimmer oder b) in den Nietenclub. Ich bin für Plan b) – wie die meisten anderen auch.

Das Licht flackert schon von weitem. Leise hört man die Beats, seitdem sie die Scheiben in der Disko wegen der Lärmbelästigung eingebaut haben, ist es wesentlich später wahrzunehmen. Ich höre trotzdem Peter Fox „Schwarz zu blau" laufen. Das wird auch mein nächster, aber genau umgedrehter Schritt, weiß zu blau hab ich grad hinter mir, wobei ich mich sehr, sehr fit fühle und das angenehme Gespräch mit Jessi noch in mir nachhallt. Werde ich etwa sentimental? Das ist ein Zeichen für > 3 Promille oder extreme Gefühlsduselei. Ich hoffe Letzteres, denn das wäre noch beherrschbar. Wir fallen in den Nietenclub ein. Seit Langem eine richtig gut gefüllte Bar und ich muss ungewohnterweise warten, bis Önir mich sieht – in der zweiten Reihe bekomme ich prompt ein Effez herübergereicht – natürlich unter den etwas seltsamen

Blicken einzelner Gäste, die das wohl nie verstehen werden, dass ein kleines Trinkgeld am Anfang das Leben enorm erleichtert. Es sei denn, man wartet gerne.

Ich nehme das Effez und will Richtung Tanzfläche, als mich jemand anrempelt – Jessi, aber hallo! Welch Freude! Wir bleiben erstmal mitten im Weg stehen und einige Gäste quälen sich an uns vorbei, dann schiebe ich sie sanft mit der Hand um die Taille etwas beiseite und frage, ob sie auch einen Drink mag. Sie hätte auch gerne ein Bier. Sie bekommt meins – das ist noch frisch und ich winke Önir, dass ich noch eins brauche. Der sieht mich aber jetzt durch die Leute und eine Minute später kommt er zu mir und übergibt mir persönlich ein frisches Effez – Jessi muss lachen, ob ich denn durch meine vielen Besuche schon sowas wie Inventar hier sei. Das ist aber durchaus auch ein interessanter Ansatz. Ich muss schmunzeln. Kaum auszudenken, wenn ich hier ein halbes Jahr verbringen müsste. Das würde nicht gutgehen – daher lieber ein paar Kurztrips pro Jahr. Das ganze Clubleben nutzt sich ansonsten auch schnell ab, wenn im Wochenrhythmus Beachparty und White Night zum Alltag werden. Nur eben mit anderen Statisten. Nee, so ist es schon recht. Mit Jessi kann man sich richtig gut unterhalten, tolle Wellenlänge und dazu noch richtig attraktiv. Wobei so langsam auch unsere Blicke intensiver werden, ich weniger auf Figur oder Ausschnitt, sondern nur noch in ihre Augen schaue … und irgendwann, als wir uns aus gutem Grund nichts wirklich Wichtiges mehr zu sagen haben, umfasst sie mich mit ihren Armen und zieht mich am Nacken langsam zu sich. In der dunkelsten Ecke des Nightclubs fangen wir an rumzuknutschen.

Kapitel 12

Epilog

Lieber Leser, vielleicht hat Kapitel 11 zu schnell geendet, aber das überlasse ich mal Eurer Phantasie. Es war alles FSK12-gerecht – zumindest hier im Buch.

Der Urlaub hatte noch einige schöne Stunden, aber wie alles ist er wieder viel zu schnell vergangen. Ich kann nur empfehlen: Nehmt euch eine Woche, besser sogar zehn Tage Zeit. Angekommen ist man schnell und die ersten zwei bis drei Tage vergehen wie im Flug. Dann zündet der Turbo und der Rest rast dahin. Man hat extremes Schlafdefizit und man hat viel zu viel Alkohol konsumiert. Dafür aber so viel gelacht, dass man 123 Jahre lang gesund bleiben wird – mal abgesehen von der schwer angeschossenen Leber, die ein gewisses Restrisiko ausstrahlt.

Mit lachendem Auge schaue ich immer zurück. Der schwerste Gang ist der mit dem Koffer raus aus dem Club. Bloß nicht gesehen werden! Die Freude der anderen, dass ich endlich weg bin, überwiegt gefühlt gegenüber der Freude derer, die mit dem Taschentuch am Bus stehen und winken. Diesmal sind es nur Terri und Steve – wobei Steve auch schon in den Startlöchern steht und Freddi vor einer Stunde schon abgeholt wurde. Terri wird noch einen Tag hier verbringen. Sie muss sich sicherlich enorm langweilen oder freundet sich mit dem türkischen Pärchen am Tisch an. Oder wird von denen in die Mangel genommen – nein, Terri wird hier noch einen schönen letzten Abend verbringen. Den hätte ich auch noch gerne. Gestern habe ich mit ihr noch lange im Stage gesessen und wir haben über all die Jahre hier sinniert. Was man doch schon alles erlebt hat. Manche Storys bleiben für immer hier. Ich sehe immer, wie sie den Reißverschluss andeutet und an den Lippen hin- und herzieht.

Wir schweigen wie ein Grab. Nur ein mutiger Verlag wird sich trauen, für Cluburlauber dieses Buch herauszubringen. Mehr oder weniger schwer verfremdet und mit wenig Gefahr, dass spaßfreie Leute diese Zeilen lesen werden. Es ist weder Reiseführer noch Warnhinweis für Clubfreunde, beleuchtet aber, welch Potential in solchen Anlagen steckt.

Zuhause werde ich meinen Schrein wieder tagtäglich ansehen, gepackt mit Utensilien aus dem Club. Die Weinflasche Roze (voll), die mit Clublogo bedruckte Papiertüte zum Flaschentransport, natürlich mein Freund, der Türstopper, eine Plakette mit „Clubchef Müller“-Aufdruck, die ich unter der Auflage, sie nicht im Club zu tragen, mal bekommen habe, ein Frottee-Handtuch Jahrgang 2010 (weiß), welches versehentlich im Koffer mit drin war, als ich wohl zu gründlich alles in die Hartschale eingepackt habe. Ein Leuchtstab vom Stageclub mit SchammieClub-Aufdruck, ein Stück Seife aus dem Bad von 1985. Ein leeres Shampoofläschchen von 2002. Bilder vom Club, ein personalisiertes Club-Memory zu meinem letzten runden Geburtstag von meinen Mitfahrern. Der nie lügende Würfel der Wahrheit, meine Clubchef-Teamleader-Binde, die originale Ex-Clubchef-Visitenkarte und das Joghurtbecher-

Telefon, welches zu meinem mitreisenden Kollegen über den Tisch reicht. Es besteht aus zwei alten Strandbechern mit SchammieClub-Aufdruck und im Boden sind zwei Löcher reingebohrt, verknotet mit einer Nylon-Wäscheleine – also das altbekannte YPS-Joghurt-Bechertelefon aus der Jugend. Vielleicht sind wir große Kinder geblieben, aber wir kommen wieder – solange es den Laden noch gibt und der Reiseveranstalter nicht das Konzept rigoros beschneidet.

Was auf jeden Fall ins Buch rein muss, ist ein ganzer lieber Dank an all die, die dort einen so unglaublich guten Job leisten. Die Jungs von der Hauptbar, insbesondere Arek (Du wirst hoffentlich bald Barchef), Önir und Murat, Restaurant, Service. Die Putzfrauen, die vielleicht viel zu viel sehen, und natürlich an alle, die sonst noch zum Gelingen des tollen Urlaubs beitragen – auch wenn das Unterfangen mit uns manchmal schwierig ist. Kein Dank geht an die übertriebene Security. Ihr habt mir tagelange Schmerzen auf der rechten Seite über ca. 1,90 Meter Länge beschert. Immerhin scheint mein Mitabstürzer überlebt zu haben. Ich hatte wirklich kurzfristig Bedenken, dass es hier einen Mecker geben könnte. Einwandfrei wird die Situation nie mehr zu klären sein und gefühlt sehe ich die Türken in ihrer Aufpasserbutze meinen konfiszierten Rest-Zimmerwein runterorgeln, großteils von dem ebenfalls verletzten Aufpasser, um den Schmerz zu betäuben. Während unten am Strand keiner hinschaut und ich somit den Paten eines relaxten Strandabends für die anderen gegeben habe.

Ich sitze nun also wieder im Bus. Langsam rollt er auf die staubige Landstraße Richtung Flughafen Antalya. Ich klammere mich an der Flasche Wasser fest. Die kühle Klima umweht mich und ich hoffe, dass der Koffer eingeladen wurde, weil ich mal wieder nicht aufgepasst habe. Aber normalerweise muss man sich da keine Gedanken machen. Es sitzen – wie immer – Leute im Bus, die wohl auch hier Urlaub gemacht haben, im selben Club wie ich, mir aber nie aufgefallen sind. Die sonst endlosen 70 Minuten zum Flughafen vergehen heute recht schnell. Am Check-in mal keine Riesenschlange und ich hole mir noch ein paar Kopfschmerztabletten in der Flughafenapotheke und eine Packung Augentropfen, die per Mail-Auftrag von zuhause aufgegeben wurden. Wenn ich die vergesse, kann ich auch die Abholung vom Flughafen vergessen. Die Wiedersehensfreude wird sich im Rahmen halten. Nur die Kinder freuen sich bestimmt – mal gespannt, ob Madame mich abholen kommt, zumindest habe ich ein Abendessen beim Italiener in Aussicht gestellt, was auf beiden Seiten einen Nutzen hätte.

Am Flughafen tauche ich in eine andere Welt ein. Hier laufen aber auch wieder Granaten rum, ich tippe großteils auf Russinnen. Da hat der liebe Gott etwas ungerecht die tollsten Figuren verstreut. Im Club jedenfalls war das alles überschaubarer, mal abgesehen von ein paar Highlights wie Jessi, aber hier scheint auch die Russin nie älter als 32 zu sein. Ich verstehe den Privatfernsehen-Walter-auf-Brautschau und verstehe noch besser, wieso der

Nischenplayer mit seiner Walter-special-surprise nicht wirklich ankommt. Mit Kaffeemaschinen, billigen Pralinen oder Plastik-Ramsch macht man solche Spitzengeschöpfe nicht klar.

Fast bereue ich es schon, mein Russisch nicht weiter vertieft zu haben, auf freiwilliger Basis hab ich nach wenigen Stunden entschieden, dass diese Sprache nichts für mich ist. Dann doch lieber mit Hand und Fuß kommunizieren. Beim Iwan kommt man doch irgendwie durch – das Russenschiff mit Wodka ab früh morgens steht nächstes Jahr ganz weit oben auf dem Plan und da gibt es sicherlich keinerlei Verständigungsprobleme!

Pünktlich gegen 15 Uhr dürfen wir in den Flieger einsteigen. Es heißt nun Adieu sagen. Aus dem Transferbus sind nur noch zwei Mitflieger für Frankfurt übrig geblieben, der Rest musste wohl woanders hin. Aber kaum raus aus dem Club, ist die große „Du"-Geschichte meist auch schon vorbei. Spätestens in Frankfurt siezt man sich gewohnterweise wieder – wobei die beiden hier mal nett sind und das Du wohl beibehalten werden. Man wünscht sich einen guten Flug und ich vermute das letzte, finale Wiedersehen am Frankfurter Gepäckband – was in der Tat nach einem reibungslosen, harmonischen, ruhigen Flug auch mal passiert. Keine lustige Zusatz-Geschichte über den übergewichtigen Watz im Mittelsitz, der mich in den Gang rauspresst, und kein Servicewagen, der mir dauern in die Haxen fährt, keine schnarchende Ulla hinter mir. Auch kein schreiendes Kleinkind, keine Handgepäckklappe, die sich öffnet und den Inhalt auf mich runterregnen lässt. Nein, es läuft alles nach Plan – oder ich bin den normalen Wahnsinn schon gewohnt. Bis auf das obligatorisch nervige Klatschen beim Aufsetzen in Frankfurt – liebe Leute, der Mann im Cockpit tut nur seinen Job! – ist alles okay.

Vom Abschnallen am Außenstandort bis zuhause ist die Faustformel 55 Minuten. Auch bei Ankunft aus Nicht-EU-Ländern, da die Wartezeit bei der Passkontrolle (mittlerweile auch automatisch) die Wartezeit beim Kofferband vermindert. Es geht alles ruckzuck, als wollte der Reiseveranstalter mir freundlich, aber dezent sagen, dass sich auch die letzte Leistung nun erledigt habe, die 1459 Euro nun ihm gehören und ich froh sein soll, wenn ich keine Nachforderung wegen überdurchschnittlicher Benutzung des Angebots oder Überstrapazierung des Personals bezahlen müsse.

Adieu Schammie, adieu Terri, Tim, Steve, Jessi, Nicole, Natascha, Gunnar, Michi, Conny, Gaby, Cordula, Freddi, Arek, Önir, Murat, Tünek und alle meine lieben Freunde, Mitfahrer, Zeitgenossen! Danke an den mutigen Verlag, der dieses Buch mit mir auf den Weg gebracht hat und ein ebenso großes Dankeschön an Frau Nowack vom Lektorat! Auf ein Neues im neuen Jahr – ich freue mich schon jetzt auf ein Wiedersehen mit den meisten von Euch!

Euer Thomas